春陽文庫

黄金万花峡

陳出達朗

黄金万花峡

妖《あや》しのうわさばなし

「聞きましたか？　猫背山《ねこぜやま》のうわさを？」

「なんでも土の中から、人間の声が聞こえるとかいううわさじゃありませんか」

「聞いたのは一人や二人ではないそうで、物好きなのが、わざわざ山の中腹へ腹ばいになって耳を澄ますと……」

「何か言葉でも聞けましたか？」

「非常にかすかな声ですが、南無妙法蓮華経、ナムミョウホウレンゲキョウ……と法華宗《ほっけしゅう》のお題目を唱える声がききとれたというから、なにさま不思議」

東海道五十三次の宿場、興津《おきつ》、由比《ゆい》の中間を流れている興津川を街道筋からさかのぼること約一里半、身延街道の一要地、禄高《ろくだか》一万石の松平丹後守《たんごのかみ》の陣屋のある小島は、前もうしろも、山、山の底に沈む静かな町である。

時は、天保《てんぽう》四年。季節は春の弥生《やよい》。このねこの額のような山峡の町に奇っ怪なうわさがひろがったのは半月ほど前からで、山の土中から人語がきこえるというそれである。

陣屋町の人々はうわさにおびえて、このごろは日が暮れかかると猫背山のふもとの道へはだれ一人として姿を見せない――そうした、ある日の夕暮れ時、

「あの山らしい」

「なるほど、ねこが背のびをしたような形をしている」

「人目につかないようにして登らなくてはならぬ。これから登れば、問題の場所につくころは、おあつらえに日も暮れるだろう」

「あかりの用意は？」

「昨日、小田原で提燈《ちょうちん》をもとめておいた。二張りあればよいだろう」

「いつもながら織部氏《おりべうじ》の早手まわしには感服いたした。ついでに、鍬《くわ》、つるはしと願えたら――」

「掘り道具は、あらかじめ陣場屋敷の鉄拐飛介《てつかいとびすけ》なるものへ、時刻ごろに猫背山へ持ちくるようにと、猿丸柳斎《さるまるりゅうさい》の名で偽手紙を出しておいた」

「いやはや、恐れ入った手回し」

菜の花畑のあぜ道に立って、こう話しあっているのは、旅装束の三人の武士、織部と呼ばれた侍はまゆ毛の太い、目玉のぎょろりとした、色の浅黒い、見るからに腕の立ちそうな魁偉《かいい》な風貌《ふうぼう》の持ち主で、他の二人は、この魁偉氏の手下とも見える、尋常の面構え。三人とも江戸の侍であることは、言葉づかいや服装を一見しただけで判別できる。

竜《りゅう》の一本松

猫背山は千五百尺ばかりの低い山であるが、ここからながめる富岳の山容はまた格別の趣があった。

「いつ見ても猫背の富士はいいなア。今日はお山は夕日を受けて、頭のてっぺんだけ赤い花のように輝いているので余計に美しい」

最前からこの山の中腹に生えている俗にいう「竜《りゅう》の一本松」の根方に腰をおろし、しきりに夕焼け富士をながめて美しがっている一人の少年——と見えたのは、実は少年ではなく、もう二十一、二にもなろうせむしの若者で、彼は二丁の鍬《くわ》と一丁のつるはしとをもって、さっきからだれかを待ちもうけていたが、

「あ、来たらしい。あれにちがいない」

ふもとの方から、待ち人の来るらしい人影をみつけて、急いで腰を上げた。

やがて登ってきたのは、さっきの菜の花畑の三人連れの武士。

面構えのたくましい織部という武士が、松の根方に立っているせむしをみると、

「お前は鉄拐飛介か」

「そうだ。おや？　猿丸先生は？」

「うむ。興津でちょっと用事ができたので、今夜は興津どまりだが、明日はこのお陣屋へ来られるという言づてだ。ところで鍬とつるはしは？」

「ご注文どおり、はい三丁」

「ご苦労」

織部は軽く労をねぎろう意味の頭を儀礼的にちょっとさげたが、上を仰いで松の木をながめ、

「これが竜の一本松というのか?」

鉄拐飛介は、わらの束をかぶったようなばさばさの頭髪の下に、ぐるぐるっと白い目玉を光らせ、

「この下の谷にある青池の竜が、時々ここへ登ってきて、この松の木の上から、富士山へ飛んでゆき、富士山の頂上で遊び飽きると、またこの木の上へ飛んで帰り、それから青池へもどるので、この松を人呼んで竜の一本松というんだ」

「なるほど、そういえば相当の老松ながら、樹皮はツルツル光っている。竜の鱗《うろこ》でみがくせいだろう」

三人の中の一人が、うなずきながら、感心の首を振った。松は赤松で、てっぺんの枝葉は庭木のように丸く円座の形をしている。おそらく、竜は松の枝の円座の上にとぐろを巻いて遊ぶのであろう。太さは一抱えは十分にあり、その樹齢のほどとも思われた。

「おいら山で生まれて山で育ったんだから、どんな木でも一目見れば、これは何年ぐらいたっている木かすぐに分かる」

飛介は胸を反らし、問われもしないのに得意そうに説明をはじめた。

「この松は、おいらの見るところキッチリ二百年はたっている。二百年の老い松でありながら、こんなにつやつやして樹皮が光っているのは、この木の下から、不思議な霊泉がわき出ているからなんだ」

「霊泉？」

「ここからわき出る霊泉を飲めば無病息災長寿うたがいなしと昔からの言いつたえだ。竜のすんでいる青池の水も、この水がたまったものだが、だから竜は千年も長生きして、飛行自在の神通力を得ているのだ」

「ふふん……」

織部は感心すると同時に、何事か胸の中でひとりうなずいた。飛介の説明するとおり、松の下からわき出ているのであろう、こんこんと水晶のような美しい水が、二間ばかり離れた下方へ小さな溝《みぞ》を描いて流れ出、やがて灌木《かんぼく》の中へ隠れ、青池へそそいでいる。

「二百年といえば、やはり寛永だな。寛永何年か？」

織部はかたわらの一人に尋ねた。きかれた一人は、懐中から小型の節用集を取り出し、夕あかりにすかし、年月を逆算していたが、

「寛永十年です」

「よし。それでは、やはりこの松に間違いはない。ところで――」

織部は、飛介に、

「近ごろうわさにある、土中の人声というのを、お前は聞いたことがあるか」

「あるかも何もねえ……現に、この下で、ブツクサやっていますよ。ほら、静かにして、耳を澄ましてみなさるがよい」

飛介は、足もとを指さし示した。彼には、それが聞こえるのらしい。

「やはりこの下か？　うむ、いよいよ本物というところだな」

織部の顔面には喜悦の色がみなぎった。何事かうなずくと、飛介へ、

「手当はいくらでも出す。お前、この木の根っこを掘り返してはくれまいか」

白髪の木乃伊《ミイラ》

日は、いつかとっぷりと暮れ、三人の武士は、用意の提燈《ちょうちん》にあかりを入れたのを羽織のかげにかくし、光が山麓《さんろく》の陣屋町へ見えないように警戒している。

松の根をつるはしで掘り、鍬《くわ》で周りを二尺ばかり掘りさげると、飛介はやがて道具を投げ出し手のひらにつばをペッペッ吹っかけ、いきなり松の木に飛びついて、

「えい！　うむッ！　うおッ！」

熊《くま》にいどむ金時のように力み始めた。三人の武士はその無鉄砲さにあきれ、舌を巻いてながめていると、松の木は、はじめのうちは、ほとんど微動だにしなかったが——やがて、すこしずつ動き出したのを、約三十分も前後左右にゆすぶってから、

「ヤオ——ッ！」

渾身《こんしん》の力を絞って、金剛力士のように隆々と節くれだった怪腕で押しきると、さしもの大木も根元に半坪ばかりの土をつけたまま、ごぼごぼっと不気味な音をたてて、どうっと倒れ、そのまま激しい音をころがせ、暗い青池へ落ちていった。

と、松の生えていた下から何か白いものが顔を出した。鍬で土をかきのけてみると、それは幅二尺、長さ五尺ばかりの石の棺で、その棺の周囲に澄みきった霊

泉がつめたく光っている。

「ふたを取りのけてみろ、飛介」

「よしきた。うむ、なかなか、しっかりしたふただ」

しかし、いかなる重石も、鉄拐飛介の怪力にかかっては菓子箱のふたをあけるよりも世話はなかった。ふたが取りのけられると、織部はそれへ提燈をさしつけた。

「あれッ。中は真っ白だ」

飛介は拍子抜けしたように、石棺をのぞきこんで言ったが、手をさし入れてみて、

「やっ。こりゃ髪の毛だ」

棺の中に透き間のないほどつまっているのは、一筋何丈あるか分からない白髪だった。白髪は不思議とつやつやとして提燈のあかりに光っている。

「それをかきわけて中のものを引き出してみろ」

織部に言われて、飛介は白髪の束を石棺の外へかき出すと、その下から一個の人間の姿をしたカラカラに乾かせた木像のような木乃伊《ミイラ》があらわれ、指ではじく

と、ポクポク鳴った。

「これだろうか、お題目を唱える正体は？」

飛介が独り言のようにつぶやいて、両腕をさし入れ木乃伊を抱き上げると、織部は、すかさず小刀を抜いて、頭から五寸くらいの所で白髪の束をブッ！　と切り離し、不用の白髪は石棺の中へ投げ込み、

「髪の伸びるのは、まだ精気のある証拠だ。なるほど、この霊泉の作用で精気がつづいているのだな——精気があればお題目を唱えるのに不思議はない」

用意の黒い一反ぶろしきに、木乃伊を包んで地に寝かすと、

「飛介、ご苦労だった。それ、お礼だ」

織部は、山吹《やまぶき》に光る小判三枚、飛介の足元へ投げやった。

「こら、すまねえ」

飛介は大喜びによろこんで、それを拾おうとしてしゃがんだせつな、

「えい！」

すきをみて、織部は彼の脾腹《ひばら》へ当て身の一拳《いっけん》をくれた。不意をくらって、飛介が、うう……とうなって横腹を押さえ、折れくぎのように体を曲げたところを、

ほかの二人が、すかさず後ろから鍬のしりでめった打ちに、飛介の頭といわず背中といわず、力まかせに打ちつづけ、飛介が石棺の中へ仰向けに落ちるのを見とどけると、上から重い石のふたをし、土を元どおりにかぶせ、

「木乃伊とりが木乃伊になるというのは、この事だ」

織部は悪党らしい、あやしい微笑をもらした。

やがて、何事もなかったかのように、黒い細長い包みを担いだ三人は、猫背山を静々と降りていく。

明日も天気がよいのであろう、どこかで梟《ふくろう》が、ホッホ……ホッホとしきりに鳴く。

山を尋ねる娘

——その翌日の昼すぎ。

興津川に沿った身延街道を、一人の若い旅姿の娘が、どこか白い憂え顔を道《どう》中《ちゆう》笠《がさ》の下にのぞかせ、元気なく、とぼとぼと小島の陣屋町に向かって歩いてい

たが、やがて、菜の花の咲く畑のあたりへ来ると、折からそこを通りかかった土地の者らしい男に猫背山への登山道を尋ねた。男はびっくりした顔をして、

「お前さん、猫背山へ登りなさるんですかい」

「ええ」

「富士山を、見られるのなら、おやめになられたらどうですか。今朝から大変なうわさがとんでいる物騒な山ですからね」

「どのようなうわさでございましょう？」

「昨夜ね。あの山の中腹に鬼火がチラチラ動きまして」

「鬼火？」

「陣屋町からながめていると、ちょうど、提燈《ちょうちん》を二つつけてうろうろしているように見えましたが、やはり提燈でなかった証拠には、しばらくすると、ものすごい山鳴りがし、何かが落ちる音がしました。おそらく、あれは天狗倒《てんぐだお》しというのではなかろうかとの皆の意見なのです。天狗倒しというのは、そこに居合わせた人間なら谷間の一つや二つは吹き飛ばされるし、木でも根こそぎ谷間へ引っこ抜いて投げ落とされるというのです」

「まあ、恐ろしい」

「天狗倒しでなければ、青池の竜が暴れたのか、いずれにしてみても、猫背山へのぼるのは危険ですよ。なにしろ、昨夜の今日ですからね」

「猫背山といいますから、どのように優しい山かと思いましたが、ほんとうはずいぶんおそろしい山ですのね」

「まあお登りになるのだけは、おやめなさい、悪いことはおすすめしません。富士山ならどこからでも見られます」

「でも、猫背山からながめる富士は、駿河《するが》一番とか聞いておりますので……」

「あれっ。本当にお登りになる気ですかい」

あきれながらも、男は仕方なさそうに登山道を教えると、娘は大胆にも一人で陣屋町の人々の恐れる「妖奇《ようき》の山」へ分け入った。

間もなく、赤土の掘り返されてある「竜の一本松」の生えていた辺りへ姿をみせたさっきの娘。道中笠を外すと、

「お父様のお話によれば、この辺りに生えていなくてはならないのに……」

周囲を見回し、

「……でも、赤松の一本木なんて、どこにも見当たらないわ……どうしたのでしょう？」

いぶかしげにつぶやき、

「さっきの人の話によれば、昨夜、鬼火だとか、天狗倒しとか……何か大きな事件があったらしいから、ことによると……」

利口そうなひとみを前後左右へ配っていたが、新しい赤土の中に、切り離された松のはい根が、ところどころに残っているのを見つけて、

「ああ、やはりここに生えていたのにちがいない。竜の一本松の下からでないと、本当にいい富士が見えないというから……ここからながめる富士の、なんという美しいこと」

娘は、富士をながめ、それから、新しい赤土の上に立って、何事かしばらく思案していたが、

「あっ、鍬《くわ》がある……つるはしがころがっている。すると、やはり昨夜のうちに、だれかがここを掘ったのでは……」

急に顔を曇らせた時、娘の足元から、異様なうなり声の響いてくるのを耳に

し、驚いて四、五尺飛びのいた。と、まるで土竜《もぐら》が地中をはうように、赤土が、むくむくと浮き上がり、浮き上がったかと思うと石の板をはねのけて、真っ白な幽霊のような姿をした怪物が、すくっと立ち上がった。

「あっ……?」

さすがの気丈夫な娘もこれにはたまげて、思わず帯の間に忍ばせていた懐剣の柄《つか》に手をかけ、寄らば突かんずと身構えると、立ち上がった真っ白な怪物は、やがてその白いもの——実は、昨夜の木乃伊《ミイラ》の白髪を払いのけると、猿《さる》と河童《かっぱ》のあいの子のような、せむしの鉄拐飛介が姿をみせて、

「ああ、いてえ……ああ、いてえ……ひでえ目にあわせやがった。ああ、いてえ……」

頭を両手で押さえたり、腕や背中を、いかにも痛そうにさすりながら、

「いくら不死身の鉄拐飛介でも、不意に当て身をくらってはたまらない。ああ、いてえ、ああいてえ……なんてひどいことをするんだろう」

赤松の大木を押し倒すほどの怪腕の持ち主も、当て身をくらい、うしろから、鍬やつるはしでめった打ちにされたのでは、いささか参ったらしい。石の棺から

はい上がると、空を仰いで、

「ああ、すっかり昼になっている……おれは昨夜から、さっきまで気を失ってこの下に寝ていたのだな。こうしてよみがえったのも、こりゃ霊泉の効果にちがいない。ああ、いてえ……おや？　そこにいるのはだれだ」

飛介は、娘の姿を不審げにとがめた。娘は、この思わぬ土竜人間の出現にあきれてながめていたが、

「あのう……あなたは、もしや陣場屋敷の？」

「えっ？　いかにもおれは陣場屋敷の、鉄拐飛介だが――」

「やっぱりそうでしたか。いま、あなたが、鉄拐飛介とおっしゃったので、もしや、そうではなかろうかと思いまして」

娘は、飛介ときいて、やや安心したように懐剣の身構えを解くと、

「わたくし、猿丸柳斎の娘加代と申します」

「えっ？　猿丸先生の――？」

飛介は懐かしそうに娘に近づいて、

「ああいてえ……ああ、いてえが、柳斎先生とはご一緒でないのですかお嬢さ

ん」

飛介は、まるで十年も昔から知り合っているような、なれなれしい口調で尋ねた。

猿丸柳斎といえば、江戸は芝増上寺門前に塾《じゅく》をひらいている、当時国学五大家の一人だった。出身地がこの小島の山峡だったので、柳斎は猫背山と向かい合わせになっている陣場山のふもとに、風流の別業を営み、二年おきに帰省し、鮎《あゆ》の季節には、屋敷のすぐ前を流れている興津川に糸を垂れるのを楽しみとしていた。

鉄拐飛介は、そこの別荘番で、彼は年中そこに寝起きし、忠実な番犬のように留守を守っていたから、柳斎の娘に会うのは、今がはじめてなのである。

「はい。父は……」

柳斎の娘加代は、飛介から父のことをきかれると、急に顔をうつむけて、

「父は、十日前に、亡くなりました」

「げっ」

飛介は、飛び上がらんばかりに驚いて、

「亡くなられた？　ああ、いててて。ほ、ほ、本当ですかお嬢さん。どど、どうしてあいててて、亡くなられたのですか」

「それも、人手にかかりまして」

「ひ、人手？」

「父のもとへ出入りしていた、旗本武士の織部熊太郎《おりべくまたろう》、池淵弥十郎《いけぶちやじゅうろう》、野寺友之丞《のでらとものじょう》の三人のために」

「織部？」

飛介はちょっと、頭をかしげて、

「織部といえば、ああいててて、ゆうべここで会った三人の侍の一人だ。たしかに、ああいてて、あん中の一人を、織部氏織部氏といって呼んでいたようだ」

「織部たちが、もう、ここへまいりましたか」

「まいったもまいらぬも……ああ、いてて、こん中から白髪の木乃伊をとり出して、そのうえおれを半殺しにして、こん中へ代わりにたたっ込んでゆきましたよ」

「しまった。一日おそかった」

「さ、さっぱり分からねえ。一体どうなんで？　昨夜からの出来事は、おいらには不思議なことばかりだ」

妖煙《ようえん》の正体

興津川が海に流れ込む、ちょうどその川口の松原の中に、数十年前から、不思議な無人の塔が建っている。

塔というものは、人の住むものでないから、無人が本当なのかもしれないが――この塔は寺院にある三重の塔とか五重の塔とかいう、そうした様式のものではなく、三重は三重だが、普通の塔に比べて形式がはなはだ違っている。

第一階の面積は三間四方だが、二階は方三間半で、三階は四間四方という頭でっかちの、まるで気違いのような塔である。

この塔は、今から五十年前に、興津の某長者が、何を思ったか、みずから設計して、大工二十人を一年二ヵ月使って建てたのだと伝えられている。そして、この塔の落成祝いの夜、発狂したその長者は、三階の梁《はり》に綱をさげて首をつってしまった。

それ以来、土地の人々は、この塔を、

——さいづち塔、とも、

——気違い塔、とも呼んで、恐れて近よらず、爾来《じらい》星霜五十年をけみした今日に及んで、無人のままに残ってきた。某長者は、この塔で暮らすつもりであったから、外見は塔でも、内部は贅《ぜい》をつくした趣味に富んだ座敷になっている。が——今は、畳も腐れ、青かびのにおいがプンと鼻をつくので、だれものぞいてみようともしない。

このあやしの塔から、五日前から昼となく夜となく、白い煙がたち上って、付近の人たちに不審のひとみをみはらせている。五日前といえば、小島陣屋のうしろの山に、天狗倒《てんぐだお》しのすさまじい音が起きた翌日である。

「なんでしょう？　なんの煙でしょう」

「火事にしては、煙ばかりで、一向に火の手は上がりませんが」

「こじきかなんかが、火をたいているのでしょう」

「こじきにしては、昼も夜もというのは、ちと受けとれません」

「それでは狐狸妖怪《こりようかい》のたぐいか」

「総じて、けだものや妖怪は、火を一番きらいますから、狐狸妖怪とも言えないでしょう」

「はて？　それでは面妖《めんよう》な話……」

うわさは、ただうわさだけで、だれもそこをのぞきにいこうとしない。気違い塔をのぞくと、気違いになるという言い伝えが怖かったからである。

煙のある所には、必ず火がある。

火のある所には、必ず人がいる。

——これは、まぎれもない真理である。まことにそのとおりで、

「だいぶん温まってきたな……どうやら、血が通いはじめたらしい」

塔の四方の戸を堅くとざして、その一階の囲炉裏でたき火をしているのは、織部熊太郎に、池淵、野寺の三人の武士である。

彼らは、例の木乃伊《ミイラ》を囲炉裏のそばに寝かせると、牝鶏《めんどり》が卵をぬくめるように、今日で五日間、昼夜の別なく、たき火の熱でそれをあたためているのだ。

池淵は、時々手ぬぐいに、あたたかい湯をかけては、木乃伊の体をふいてい

る。こうすれば、乾き上がった木乃伊がすこしずつふやけてくるからである。

木乃伊は、まだ意識はとりもどしていないが、肌《はだ》にはいきいきとした光沢が出、血の色まで感じられるようになっていた。

「織部氏のお説のとおり、だんだん生ける人のように、体に生命のしるしがよみがえってきましたな、いやまったく不思議です」

野寺が、たき木を投げ込みながら、感心したように言うと、

「木乃伊には二種類あって、死人の木乃伊は永遠に木乃伊として終わるが、生けるまま、いわゆる覚悟の入寂した木乃伊は、往々にして数百年ののちによみがえるという例はある。しかも、この木乃伊は、二百年ののちに必ずよみがえる……つまり二百年ののちには掘り返してあたためるべしという遺言のもとにその事を計算に入れて、ああいう霊泉のわく土中へ埋めたのであるから、精気を今日まで保ちよみがえりはじめたのは、当然すぎるほど当然の結果だ」

池淵は、木乃伊の体をぬれ手ぬぐいでなでながら、

「二百年も前に入寂したのが息を吹き返して、そのころの記憶も、同時によみがえらせるものだろうか」

「すぐに思い出せなくても、だんだんに思い出せるものだ。記憶というものは不思議なものだからな」

織部はいつでも自信をもった言い方をするので、他の二人は、どのような問題でも、織部の説に服従してしまうのである。

「仮に、この木乃伊がよみがえっても、われわれを木乃伊が自分の子孫でないと知ったら、問題の秘密を打ち明けてくれるかどうか、それが心配だ」

野寺が不安そうに言うと、織部は、

「木乃伊は、二百年のちの事は知らないのだから、われわれが猿丸柳斎から奪った、この木乃伊の手記になる遺言状を証拠としてみせればよい。寛永十年より数えて二百年目の春に、猫背山の中腹を発掘すべし、石塔の上には赤松の幼苗を植えおく、二百年たたんか、一抱え以上の大木とならん……われ、我が子孫のために、巨万の財宝を伝うべし……とあるこの遺言状を見せれば、安心して財宝の隠し場所を教えるにちがいない」

「巨万の財宝を入手したら、せめて、われわれの手で猿丸柳斎の墓でも建ててやるかな。そうでもしないことにはどうも、寝覚めが悪くていけない」

野寺が、しみじみとした口調で言った。すると織部は言下に、

「悪党になった拙者たちに、つまらぬ菩提心《ぼだいしん》は禁物だ。そんなことでは、目的の財宝はなかなか入手できぬぞ」

と、しかりつけるようにその弱気をたしなめた。——と、そのとき、木乃伊をなでていた池淵がとんきょうに叫んだ。

「あっ、口をひらいたぞ——おう、目もあいた、しめた」

黄金追憶

まさに奇跡である。

からからに干からびた木乃伊《ミイラ》がよみがえったのだ。織部熊太郎をはじめ、池淵、野寺の三人はこの二百年前の人間が伝えるであろう秘密が、もはや聞けたかのように喜んで、はじめは白湯《さゆ》を飲ませ、次におも湯から、次第にうすい粥《かゆ》とすすめてゆくうちに、五日目には、木乃伊老人はすっかり生気ある常人と変わらぬまでに元気づいてきた。

「おお、お元気になられたかな。われわれの努力が天に通じましてござる」

三階の座敷に寝ている老人のもとへ、織部が入ってきて、いかにも忠実な子孫のような表情をよそおって、こう言った。

木乃伊老人は、織部を迎えた瞬間、その顔に、ちょっとの間ではあったが、不快そうな感情の線をひらめかせたが、すぐ平常にかえって、彼を迎えるために体を起こしたので、織部には老人の気持ちの動きは感じとれなかった。

「ご遺言によって、猫背山の中腹を掘り、あなた様をこの世に生きもどしました拙者に、なにとぞ秘密の場所をお教示くださるよう」

織部はねこのような声で言った。老人は、それをきくと、妙な顔をして、

「遺言……？　秘密の場所とは、一体なんの事かな」

「これにてござるが」

織部は、猿丸柳斎を殺害して奪った遺言状をさし出した。老人はそれを広げて読んでいたが、

「わしには、何のことやらとんと分からぬが」

「いや。そのご警戒はごもっとも……なれど、拙者は、あなた様の直系の子孫猿

丸柳斎にござる」

「猿丸？」

老人は、一向に要領を得ない顔つきである。

「うむ……まだ、ご記憶がもどらぬとみえますな。それでは後刻また……」

織部は、せいては事を仕そんじると思ったか、丁寧に腰を折ると、二階へ降りていった。それを見送って、老人はニヤリと微笑。

（悪党めが……囲炉裏のそばで、お前たちの話をすっかり聞いてしまったのじゃ）

胸の奥でつぶやき、何か遠い昔を追想する風に、

「あれから二百年か……二百年といえば長いようじゃが、こうしてたってみると、まるで夢のよう……夢のようなはずじゃ。わしは二百年の間、猫背山で眠っていたのじゃからな」

老人の名は月海といって、上州高崎《たかさき》大信寺の住職だった。

記憶は、二百年の昔にさかのぼる――寛永十年十二月六日は、従二位大納言徳川忠長《ただなが》――世にいう駿河《するが》大納言が、兄家光への恨みを残して、大信寺の一室にお

いて切腹し果てた日である。

駿河大納言忠長が、乱行のかどによって高崎城主安藤重長《あんどうしげなが》に預けられたのは、寛永八年であった。忠長の悲運に憤然と立った家臣の小幡《おばた》礼九郎は、元駿府《すんぷ》城にあった黄金の延べ棒十五貫をひそかに持ち出し、これを上州で旗揚げの軍資金に使用せんとしたが、すでにおそく、主君忠長の運命は決し、忠長の大信寺行きの事を、高崎城下近くで知って、その旗揚げを中止した。

忠長は、切腹間際にその事を知り、大信寺の住職月海を呼んで、

「小幡たちの心はまことにうれしく思うが、しょせんはこの運命にゆく予に、旗揚げなど無益のこと、ただ、予の心に残るは、予が高崎城にいる間、予の情けをうけてくれた侍女初野が産める一子松之助《まつのすけ》のことじゃ」

忠長は、そう言って、月海へ落胤《らくいん》松之助の身を託して相果てたが、月海は、小幡たちにこの事を話し、十五貫の黄金のうち三貫は同志に分けあたえ、残り十二貫は、月海みずから受け取って、これを松之助の養育費にあてようとしたが、けなげにも初野はそれを辞退し、

「松之助はわたくしの力でおそだて申しますほどに、その財宝は松之助君の子孫

につたえ、末のすえ、二百年も後になって、大納言君のお恨みが、この地上から消滅したころに、ふたたび世に出し、それを世のためにお使いくださるようお取り計らいくださいませ」

といって、十二貫の黄金の処置方を月海に一任してしまった。二百年のちに有益に使う、それが亡き大納言への供養だという。月海は黄金の隠匿方法についていろいろと研究をしたが、なかなかに名案は浮かばなかった。隠し場所を秘文書にして残しておくのは危険であり、下手をするとお家騒動の種になりかねない。それではかえって大納言君の冥福《めいふく》をさまたげる結果となる。

「これは、やはり自分一人の記憶にとめおくより手段はない」

月海は、そう考えたが、さて記憶の中にとめおくといっても、二百年間も生きていることはできない。

そこで彼は、生きながら入寂する案をとることにした。金塊はある秘密の場所に深くしまって、彼はその場所を自分の頭の中に覚えこんでおいて、法力をもって小島の猫背山へ人手をかりて入寂したのである。

猫背山の中腹からわき出す霊泉は、不思議な作用をする薬水で、大昔、この水ばかり飲んで二百五十年の間苦行をした仙人《せんにん》がいたという伝説から、月海はそういう方法をとったのである。これはもっとも安全な秘密伝達法であるのだ。

月海は入寂に先だって、遺言状をしたためて初野に渡したが、それには、

「二百年後の春に、猫背山山腹の松の下を掘るべし、財宝をあたえん」

と記されてあった。

崩る妖塔《ようとう》

木乃伊《ミイラ》からよみがえった月海老翁は、あの当時をなつかしく追想しながら、

「松之助君のご子孫は、二百年後の今日、猿丸姓を名乗っていられることは判明したが、さて当の猿丸柳斎どのが、彼らのために殺害されたとなると、あの巨財はだれに贈るべきものか……」

そんな思案をしながら、ふと窓の方へ視線を送った時である——頭を真っ白な髪の束でぐるぐる巻きにした異形の怪物が、三階の屋根へ、ひらりと飛び上がってきて、窓から顔をのぞかせ、

「お前さんだろ？　猫背山で二百年間寝ていたのんきじいさんは？」

と、いきなり尋ねた。月海は驚きながらも、何か子細がありそうに思ったから、

「そうじゃ。わしは木乃伊の月海じゃ」

と、すなおに答えると、白髪を巻いた怪物は、

「おれはこの間からずいぶんとお前さんの行くえを探していたよ。さ、おれと一緒にこの塔を逃げてくれ」

「逃げる？」

「お前さんに会いたいというお嬢さんが、この塔の近くに来ているんだ」

「娘？」

「猿丸柳斎先生のお嬢さんです」

「おう、猿丸――」

月海は、松之助君の子孫、猿丸柳斎とやらに、娘のあることを知って、にわかに会ってみたくなった。

「どうして降りるか、この塔を？」

「綱が張ってある。おれにつかまってさえおれば造作はない」

怪物は、いうまでもなく飛介であった。頭の白い巻き帽子は、木乃伊の白髪である。彼は猿丸加代から、江戸表における柳斎先生の横死、ならびに織部たちの悪計をきいて、持ち前の義憤をわかせ、先生のため、お嬢さんのため、それから悪人ばらを懲らすために立ち上がったのだった。

飛介と名のあるとおり、身の軽いことさる以上で、彼には一筋の投げ綱さえあれば、このような塔は楽々とのぼり上がりできるのだ。

「さ、早く窓の外へ出てくだせえよ」

鉄拐《てつかい》が手をさしのべて、月海を屋根へ引き上げようとしたときである。

「やっ、曲者《くせもの》ッ」

織部が三階へ上がってきて、大声に叫んだ。その声に、池淵、野寺の二人も押っ取り刀でかけ上がってきて、逃げようとする月海を引きもどし、

「ご老人、どこへ行かれる」

きびしい眼でにらみつけた。すると窓の外から、白髪の帽子をかむった鉄拐飛介が、

「どこも、ここもねえ。うぬたちは柳斎先生の敵だろ」

「げげッ」

三人は、意外のところで、思いがけぬ重大秘密をばらされて、さすがに愕然《がくぜん》となった。

「そして、おれをだまし討ちにしようとした憎いやつらだ。今お礼を述べてやるから待っておれ」

言いも終わらず、飛介はひらりと三人の前へ躍り込むと、三人の胸を一時に、どん！　と手のひらで突きとばした。その力の強いこと、三人は突風に吹きとばされた木の葉のように苦もなくうしろの壁際へはね飛ばされたが、

「おのれッ。じゃまだてするかッ」

いっせいに抜いて飛介に斬《き》りかかった。

「しゃらくせえや。不死身のおれに、刀はむだだってことを知らねえか」

飛介は、月海老人をかばいながら、三人の刀をかわしつつ、二階への階段にさがり、すきを見て、月海老人を横抱きにすると、飛猿《ひえん》の早業で一階まで一気に駆け降りた。

「逃がすなッ」

　三人は、それを追ってドタドタと駆け降り、一階の炉端でふたたび激しく斬り込んでいった。

飛介は無手でそれに応戦していたが、やがて部屋のすみに一本、何の用にか垂れ下がっている五寸角の柱に手をかけると、それを武器にするために、

「えいッ」と、引き抜いた。

とたん、塔はメリメリッと音をたてて、ねじ飴《あめ》ん棒《ぼう》のようにねじれかかった。

発狂長者の恐るべき設計！　この一本の支柱こそ、塔の全重心を支えていた生命の楔《くさび》だったのである。

メリメリッと音をたててねじれはじめた塔は、あっという間もなく、万雷の一時に落ちたかと怪しまれる激しい音をたてて、五人の頭上へ、まるで積み木細工をこわしたように崩れかかった。

「あっ。しまった！」

「逃げろ」

だれかれともなく、この意外の異変に驚愕《きょうがく》して、口々に叫んだが、しかし逃

げ出す口はなかった。

激しく崩れかかる塔の下で、五人は、次に襲いかかる死の最期を覚悟したときである。

「あれ……ッ。だれか……ッ」

絹を裂くような叫び声が、同じく塔の中で起きた。それは、たしかに猿丸加代の声にちがいなかった。

——すると、加代も木乃伊老人をたずねてこの塔に入り込んだのであろうか？

恋の走馬燈《そうまとう》

寛永十年、三代将軍家光に恨みの数々を残し、上州高崎城外大信寺の一室において、無念の切腹をして相果てた駿河大納言忠長の遺志によって、当時大信寺の住職であった月海が、駿府《すんぷ》城からひそかに運ばれた黄金十二貫匁を人知れず、ある秘密の場所にかくし、その隠し場所は自らの記憶の中にとどめ、月海は人手をかりて駿州小島の猫背山中にある、霊泉のわくほとりに入寂してしまったが、そ

のとき月海は大納言御落胤《ごらくいん》松之助君の母初野へ遺言状をのこしていわく、

――二百年の後、松之助君の子孫によって我を発掘すべし、さすれば我ふたたび生き返りて、財宝の秘密を子孫のために告げん――と。

さて日月は移り変わりて、二百年後の天保四年春、松之助君の子孫、本朝国学の泰斗、猿丸柳斎は、遺言状に基づいて、近く小島山中発掘を企てようとする間際、秘密をかぎつけた出入りの旗本織部熊太郎一派によって、問題の遺言状は盗まれ、そのうえ、柳斎は彼らの凶刃の下に無惨の最期を遂げてしまった。

柳斎の長女加代は、涙ながらに父のとむらいをすませ、数日ののち江戸を立ち、猫背山を訪ねたが、惜しいかな、半日の違いで、織部一派の先回りによって、月海の木乃伊《ミイラ》は発掘され、いずこへか運び去られたあとであることを、陣場屋敷のせむし男鉄拐飛介に聞かされ加代は悔しがった。

陣場屋敷は猿丸柳斎の別荘で、飛介はそこの別荘番だった。彼もまた、月海の木乃伊掘りに手伝わされたうえ、やみ討ちを食らって昨夜から気絶をしていたのだった。

一方、木乃伊を運び去った織部一派は、興津海岸の松原にある無人の妖塔《ようとう》にかくれて、五昼夜の間、火をたいて木乃伊をあたためた結果、木乃伊は奇跡的に蘇《そ》生《せい》し昔の記憶をとりもどしたが、木乃伊――月海は、早くも織部熊太郎の松之助君の子孫でないことを看破し、秘密を打ち明けることを拒否した。――折から、塔の三階に現れた飛介によって、月海は救い出されようとしたが織部一味のじゃますることとなり、一大乱闘に追いつめられた飛介は、一階のすみにあった一本の要柱《かなめばしら》を抜きとり、それを武器にしたが、はからざりきその柱こそ、この妖塔のすべての重心を支えるもので、塔は一瞬にして積み木細工を壊したように崩れかかり、あっという間に一同は崩れ落ちる塔の下敷きとなってしまった。

そのとき、飛介とともに、木乃伊老人の月海を慕って、この塔を訪れた加代もまた、塔の下敷きとなってしまったのである。

「あれ……ッ」

加代は思わず悲鳴をあげ、ゆがみながら崩れかかる塔の柱と柱の間へ身を避けたが、しかし、次々と落下して積み重なる木材は、加代の体を、まるで責め道具で締めつけるように、ぐんぐんと押しつけ、胸も腰も足も手へも、もはやみじんうごかすことのできないほど圧力が増し、彼女は次第に息苦しくなってゆく自分

を覚えると、

「だめだ」

そう悟った瞬間、このような妖塔の中で人知れず死んでゆく自分の身が悲しかった。母上様……父上ッ……思わず呼んだその恋しい両親も、しかし今はすでにこの世の人ではないのだ。加代はそれに気づくと、第三番目に呼んだひとは、

「宗太郎《そうたろう》さま……ッ」

父柳斎の秘蔵弟子——二千五百石旗本宗像伊九次郎《むなかたいくじろう》の嫡男、恋しい宗太郎の名であった。加代は宗太郎の名を呼ぶと、不思議と、すぎこし日の楽しい思い出を、まるで絵巻物でも繰りひろげるように、一瞬の間に思い起こすのだった。人間は死の瞬間に、過去のもっとも思い出となっている光景を走馬燈《そうまとう》のように目の前にぐるぐる回って見直すというが、加代の場合も、きっとそうだったのにちがいない。

宗太郎は、剣のほうは疋田影流《ひきだかげりゅう》の使い手で、旗本中でも彼に立ち向かって、互角に勝負のできるものは五指に足らず、そのうえ、水術は水府流を学んで、師の影左軍兵衛《かげさぐんべえ》と比肩するほどの達人だった。

加代は去年の夏、宗太郎に連れられて、増上寺門前をまっすぐに海岸の方に出、森越中守《えつちゆうのかみ》屋敷の裏手から泳ぎ出て関伊勢守《せきいせのかみ》屋敷を左手に見、浜御殿の石垣《いしがき》下まで泳いでいった日のことを思い出した。

もちろん加代は泳ぎのほうは自信はなかったので、宗太郎に引かれて、そこまで泳ぎついたものだが、浜御殿の石垣の下で、折からの太陽に、ぬれた体を乾かしながら、

「加代どの」

「ええ」

「拙者と、このような所へまいって、先生にはあなたへ何のおとがめもありませんか」

「おとがめ？」

加代は、日やけのした健康そうな美しい顔を宗太郎に向けて、

「いつもしかられております」

「宗太郎などと、海へ行くとは、なんとしたはしたないことじゃ——と？」

「いいえ」

加代は、娘らしいあどけない意地悪の表情を面にうかべて、

「そのように海にばかり行っていると、顔が黒くなって、お嫁にもらっていただく方にきらわれるから——と」

「その、もらっていただく方というのは、どこのどなたか？」

「さあ……」

「知りたいものです」

「わたしも知らない」

加代は花のような赤い微笑を日の中にほころばせながら、

「どなたにもらっていただこうかしら？　宗さま——」

「ええ？」

「どなたがよいでしょう」

「拙者には分かりません。加代どのの好いた男に決められたがよろしいでしょう」

「宗さまの意地悪、きらいッ」

加代はいきなり、石に腰かけていた宗太郎のたくましい背をうしろから突い

た。が、海へ落ちたのは宗太郎ではなく加代だった。宗太郎は突かれて、石垣の下へ体を沈めた瞬間、加代の手をひいて、速い潮の流れの中へほうりこんでしまったのである。

「あれ、宗さま」

加代は、思わず塩辛い海水をしたたかのんで、宗太郎へ救いの叫びをあげ、真剣になって宗太郎の手を求めたが、宗太郎はそれも面白そうに笑いながら、助けようともしないで、

「加代どのの好きな人に助けてもらうがよろしいでしょう。拙者ここで、加代どののおぼれて死ぬのをゆるゆると見物することにしましょう」

「く、苦しい……助けてッ」

「加代どのの好きな人の名を呼ばれるとよろしいでしょう。呼べばすぐに来て助けてくれるでしょうから」

「宗さまッ」

――加代は、これだけの光景を追想するのに、ほんの三秒とかからなかった。宗さまッと最後に叫んだのは、幻想の中の、波にのまれようとする瞬間の恐怖の

叫びだったのか、それとも崩れ落ちた塔の木材に圧迫されて息苦しく、それが苦《く》悶《もん》の叫び声として叫ばれたのか――いずれであったのか分からなかったが、とにかく叫び声を残したきり、加代は積み重なる木材の下で呼吸を失ってしまった。

乳房かくし彫り

それから何十分かの後、不死身の鉄拐飛介は、右わきに月海老人、左わきに加代を抱えて、興津川のほとりを小島陣屋に向けて、韋駄天《いだてん》のように一散走りに駆けていた。

月海老人も、加代もともに意識はなく、死んだように飛介の両わきに、弓なりに体を曲げ、両手をだらんとさせている。それを抱えて走る飛介も、額や腕や足にけがをし、赤い血の筋を幾筋も垂らしていた。

塔が崩れかかった時、さすがは怪力の飛介、渾身《こんしん》の力をふるって、太い木材を体で支え、わずかに透き間を作ると、倒れている月海老人を塔の外へ引き出し、つづいて裏手へ回って木材をかきわけ、悶絶《もんぜつ》している加代を運び出したが、飛介には残念ながら二人への応急の手当法が分からなかった。

塔の下で救いを求める織部一味の狂ったような叫び声を聞き捨てにし、飛介は、

（とにかく陣場屋敷へ連れ帰って）

それから竜の一本松の下で霊泉を飲ませようと彼らしい思案のもとに、こうしてしゃにむに走っているのだった。霊泉を飲ましさえすれば、たといこの二人は死んでいても必ず生き返るものと飛介は堅く信じているのだった。

「おや――？　あれは……」

ここは小島の陣屋に近い、俗にいう天狗岩《てんぐいわ》の中腹である。一人のさる回しがさるを横に遊ばせて、何か文書らしいものを読んでいたが、すぐ下の興津川の土手を駆けてゆく飛介に気づくと、思わず腰を浮かし、

「たしかにあれは猿丸家《さるまるけ》の加代だ――はて？」

しばらく首をかしげていたが、何かうなずくとそばのさるに、

「これ赤面《あかづら》、あいつのあとを追え！　おれはあとでゆくから、行く先をはっきり見届けておくんだぞ」

手に持っていた鞭棒《むちぼう》でさるの背中を軽くポンとたたくと、さるはさる回しの言語が聞きわけられたものと見えて、キキキキキと赤い顔に白い歯をむき出して答え、そのまま岩を伝って駆け降り、飛介のあとを懸命に追っかけていった。

もちろん飛介には、うしろからさるが追っかけてこようなどと知るよしもなかったから、間もなく興津川のほとりに建っている数寄造りの陣場屋敷へ両人を抱え込み、一番奥の風通しのいい日のよく当たる座敷へ両人を寝かすと、

「待ってろよ。今すぐ霊泉をくんでくるからな」

気を失っている者に、そのようなことを言ったところで分かろうはずはないのだが、一言そう言い残さなくては気がすまなかったのであろう、飛介は、それだけ言い残すと、やがて手桶《ておけ》をつかむと横っ飛びに興津川を横断し猫背山の方へ突っ走った。

キキ、キキキ……

入れ違いに、さっきのさるが裏手からぴょんと、この座敷へとび込んでき、そこら辺りを物珍しそうに物色していたが、やがて加代の懐中から、なにやら紙のつづりらしいものがはみ出ているのを、小首をかしげながらするするっと引き出

した。

　途端、

「う、ううう……」

　今まで意識を失って伏せっていた月海老人が、曲げていた両腕をぐいっと伸ばし息を吹き返した。その拍子に、さるは月海老人の伸ばしたこぶしに横腹をしたたか突かれ、驚いて飛び上がると、キャッ、キャキャッと叫び、紙のつづりをそこへ投げ出し、あわてふためき、赤いしりを振ったてて裏手へすっとんで消える。

「はて？」

　目をさました月海は、それをキョトンと見送って、さて起き上がろうとしたが、頭は割れるように痛く、石のように重く、胸も背も今にも押しつぶれるのかと思われるほど苦しい圧迫を覚えて浮かしかけた上体を、思わずバタリと畳の上に落としてしまった。

　と、月海老人はすぐ目の前に、さっきのさるが投げすてていった紙のつづりの落ちているのに気がついた。

すかさずそのつづりをとり上げた。

——猿丸家系図。

表紙の文字を読んだ月海老人は、瞬間、頭の痛さを忘れて、すかさずそのつづりをとり上げた。系図の初代として、幼名松之助、長じて猿丸郁之丞《いくのじよう》の名がしるされてあり、爾来《じらい》二百年の猿丸家代々の系譜がつづられてあった。世をはばかってか、松之助君の父君には、駿河大納言の名は記してはなかったが、

「これはたしかに駿河大納言殿のお血筋にちがいない」

月海老人は、二百年の昔を懐かしく追想しながら、その系図に見入っていると、駿河大納言の悲壮な最期の光景や、預かった黄金を、ひと知れず埋蔵した時の興奮が、二百年のちのいま、ふたたびよみがえってくるのを覚えるのだった。

プウー……ン。いいにおいが、そのとき月海老人の鼻腔《びこう》をくすぐった。月海老人はそのにおいに誘われるように、すこし顔をずらし、伏せったまま畳の向こうをながめた。そこには加代が、切りすてられた白百合《しらゆり》の花のように眠りつづけ動かずにいる。

「猿丸柳斎どのは非業の最期を遂げられたことは、あの塔の中で知ったが——すると、この娘は、猿丸家に残されたたった一人の跡目相続人なのか？　わしを迎

えにきた飛介という男は、あのとき猿丸家のお嬢さんが、わしを訪ねてきている
といったから、この娘さんのことにちがいない」
月海老人は、そう自問自答すると、松之助君の子孫という懐かしさから、畳を
はうようにして加代に近づいていって、
「猿丸加代どの……猿丸加代どの」
と、ゆり起こそうとしたが、加代は白蠟《はくろう》のような血の気を失った顔を畳の上に
揺れさせるだけで、目をさまそうとする気配すら見せなかった。
「おお、気を失っているのか？　すると、この娘も、あの塔の下敷きになったの
であろうか」
月海老人は、困ったようにつぶやいて、ゆり起こす手を休めたが、彼は刻々と
迫ってくる自分の余命いくばくもないことを考えると、加代の蘇生《そせい》するのが待ち
きれなかった。
（わしは、もう、あといくばくも生きていられない。こうしている間にも、体が
地の底に引きずり込まれる思いである。この娘の生き返るころには、おそらく、
わしは死んでいるのにちがいない。わしが死ねば……わしが死ねば黄金の秘密を

だれが知る?)

月海老人は、苦しい息の中にも、黄金の秘密が、自分の死によって、今度こそ永遠に闇《やみ》に葬られてゆくのを案じるのだった。

(そうだ。この娘のよみがえるのを待っていたのでは心もとない。あとわずかの時で死んでゆくわしの義務は、この娘へ秘密を伝えておくことだ)

(それには?)

(書き残すべきか?)

(しかし書き残して、この娘の蘇生するまでにだれかの手に入るようなことがあっては?)

(では、どうする?)

月海老人はハタと困惑する。書き残すことの危険は、はじめから――二百年前から分かっていた。猫背山の霊泉のほとりに、生きながら入寂すれば、二百年のちに必ずよみがえる自信のもとに、秘密のかぎをおのれの記憶の中に保ってきたのではなかったか。

(だが、書き残さないとしたら? この娘に直接話すより手段はない。しかし気を失っているのでは……）

この矛盾に、月海老人は行き悩むのだった。そうしている間にも、月海老人の死は刻々と近づいてくるのだ。今は寸秒の猶予もならない。月海老人は意を決すると、加代の帯の間からはみ出ている懐剣を抜きとり、壁ぎわへはうようににじり寄り、懐剣のきっ先で壁へ何か不思議ななぞの地図を描きはじめた。

はるかかなたに富士山が見えて、その前に湖が描かれた。湖には芦ノ湖《あしのこ》と記入される。芦ノ湖のこちらの岸に岩を描き、富士山の頂上からその岩まで一本の線でつなぎ、また、別の左右の岸からも線をひいて、それを芦ノ湖の中ほどで交差させ、その交差点の下の方に枯れ木のような木を一本描き、その木の枝に鎖のついた鞠《まり》のような玉がぶら下げてある……。

（ここまではよい。この鉛の玉の秘密を解くかぎはめったに書き残す訳にいかない）

月海老人は、とつおいつ思案をする。しかし、そのような重大な秘密のかぎといえども、この場合書き残さないという訳にはいかないのだ。

そのとき、月海老人の目にふれたものは、加代の懐中からこぼれ落ちている練りおしろいの容器であった。

〝お練りおしろいしらゆき〟と記されたその容器の表を読んだ月海老人は、何を思ったか、

(そうじゃ。これなら)

そうつぶやいたかと思うと、いきなり加代の胸元をぐいっと引きあけた。とたん真っ白の乳房がむくっと、びっくり箱の中の白うさぎのように弾みながら顔を出した。

(昔からおしろい彫りという入れ墨は、秘密を保つのにもっとも良い方法だと聞いている。ここへ大切な文字を彫り込んでおけば……)

月海老人は、加代の乳房を丁寧にもみほぐすと、懐剣のきっ先を彫り針がわりに、怪しい手つきで、何か呪文《じゅもん》のようなものを彫りこんでいった。一字彫っては練りおしろいをそこへなすり込み、また次の字にとりかかるのだが、彫っている間にも息が切れそうで、途中で幾度それを中止しようとしたか分からなかった。

しかし月海老人は、おのれの使命の重大さを思うと、これだけは是が非でも彫り残さなくてはならないと思った。

休んでは彫り、続けてはまた休み、あやしい彫りの跡ではあったが、ともかく目的の五文字を彫り終わったころには、月海老人の頭の中は朦朧《もうろう》とし、彼はもはや最期の一瞬の来たことを悟った。

「猿丸加代どの……駿河大納言様のご遺志を継いで、黄金は世のために活用してくだされい。月海が最後の願い……」

月海老人は、それだけ叫び、加代の胸元をかきあわせ終わると、がくりとなって畳の上に倒れ息を引きとってしまった。まことにその死に顔は、二百年の後に生きかえり、黄金の秘密を初期の目的どおり、松之助君の末裔《まつえい》に伝ええた、いとも安堵《あんど》、いとも満足の色に満ちあふれていたが——

——はからざりき、さっきからの一部始終を、丸窓の透き間からのぞいていた、例のさる回しの二つの目のあったことを月海老人は気づかなかったのである。

さる回しは月海老人が倒れたと見ると、素早く丸窓を押しあけ、座敷に飛び込むと、矢立をとり出して、懐紙へ、壁のなぞ絵を写しとりはじめた。

宗太郎あらわる

加代は乳房に激しい痛みが加えられ、その痛さのためにいったんは目を覚ましたのであるが、目を覚まして、目の前に見た人間の——白髪の怪人物をみると、恐怖のために思わず目をつぶってしまったのだった。白髪を振り乱した怪しい人間が、こともあろうに短刀の先で自分の乳房を突いているのだ。恐ろしさにはね起きようとしたのだが、塔の下敷きになった時の痛手のために、それも思うようにならなかった。

せめて、体でももがいて、自分の乳房を守ろうとしたがそれすらも思うようにもがけなかった。

そのうち乳房に加えられてゆく痛みはますます激しく、歯を食いしばって体を動かそうと努力しているうちに——いつかふたたび意識を失ってしまったのだが……。

加代が再度の蘇生《そせい》をみたときは、こんどは自分の体が、激しく揺れているのに気がついた。何者かに横抱きにされ、どこかへ連れていかれるところだと気がついたのは、意識をとり返してから数秒の後だった。

加代を抱いて走っているのは、加代のこれまでに見たことのない男である。キャッキャッ……時々、さるの鳴き声が一緒についてき、加代の足や腰を下から押し上げるのが、加代には不気味に感じられた。そういえば、この男の服装もさる回しのそれである。と気づくと、加代は、

（飛介なら、わたしを抱えて走ったって不思議はないが……このようなさる回しが、なんのために）

そう思うと急に恐ろしくなって、体をもがき、さる回しの抱えている手を振り離そうとし、

「降ろしてくださいッ！　わたしを、どこへ連れていくのです」

はじめて出た声にしては、加代自身びっくりするような大きな声だった。するとさる回しは、

「おや？　気がついたのか、チェッ、もうしばらくたばっておればよいのに」

「降ろしてくださいッ」

「そうはいかん。お前さんの体に用事があるのだから」

「助けて……ッ」

加代はさらに大声で叫んで両手両足をばたばたさせ、体を反らして抵抗につとめた。さる回しは、さすがに、それには手を焼いた形で、

「チェッ、辛抱のない娘だ。そんなに言うのなら下へ降ろしてやるが、その代わりお前さんの乳房をちょっとの間みせてもらうぜ」

さる回しは、加代を地へ降ろすと、いきなり加代の胸元をさっとひろげた。

「何をなさいます」

「ちょっと見るだけなんだ。お前さんの体には用はないのだから安心しな、用のあるのは、ここだけなんだから」

「だれか……ッ。助けて……ッ」

加代はさる回しに上から押さえつけられながら、必死になって叫んだが、

「赤面、このお嬢さんの口を押さえていろ」

さる回しに言われて、さるの手によって口を押さえられてしまってからは、救いの叫び声も出せなくなってしまった。

さる回しは白い加代の乳房をのぞいていたが、

「おや、何も彫ってない。ハハン隠し彫りだから、ここをもまなくては文字が出てこないのだな。お嬢さん、すまないが、大切なお前さんの乳房をちょっともませてもらうぜ」

加代はそれをさえぎろうと、もがき叫ぼうとしたが、もがくことも叫ぶことも自由を奪われていたのでどうすることもできなかった。

さる回しは、馬乗りになって加代を押さえつけ、たくましい手で加代の乳房をもりもりともみはじめた。おしろい彫りは平常は見えないが、入浴の時とか、酒を飲んだ時とか、またこのようにもんで充血したりすると、桜色に浮いて出るのが特徴だった。

「な、何を……何をなさる……」

加代の怒りは、しかしさるの手のひらの中で消えてしまうのだった。悔しかったが、今の体ではどうすることもできないのである。加代はさる回しのために、散々に乳房をもみにもまれ、ぼう……と上気していると、

「おお出た出た。なんだ、読みにくい字だな……なんて書いてあるのかな」

さる回しが、加代の乳房の上に浮き出た、おしろい彫りの文字をのぞき込んだ

時であった。加代の口をおさえていたさるが、不意の礫《つぶて》に見舞われキャッと叫んでひっくり返り、あわてて横っ飛びに四、五間かなたへ鞠《まり》のように跳ね、続いて、さる回しも額に一石を受け、額を押さえて、

「痛ッ……ち、畜生ッ」

立ち上がると、十間ばかりかなたに立っている旅姿の若い武士に、

「じゃまするなッ」

傍らの石をひろってむちゃくちゃに投げつけた。若い武士は、それを右に左にかわしていたが、やがて一つの石を手で宙に受けとめると、

「えいっ」

気合いを入れてさる回しに投げ返した。石は見事に決まって、さる回しののどへ礫の突きをくれた。

「うう……っ」

さすがに、それには参ったらしく、さる回しは加代の乳房をあきらめ、一散に逃げ去ってしまった。

「加代どの、やはり加代どのでしたか」

ようやく我に返って起き上がった加代の耳元へ、加代の片時も忘れない恋しい人の声が聞こえてきた。

「ああ宗太郎さま」

思いがけないところで、思いがけない人に助けられ、

「どうしてわたくしと？」

「さっき、助けを叫ばれた声が、加代どののそっくりでしたので駆けつけてまいりました」

宗像宗太郎は、そういって、

「江戸を一人でこっそり立たれるとは無謀です。だから、このような目に遭わされるのです。拙者に黙って江戸を立たれた罰ですよ、この仕儀は——」

恨みを交えての意見の言葉だった。

「すみません」

加代は宗太郎から、そう言われると一言もなかった。父柳斎なきあとは、何事によらず力と頼り、相談相手となってくれる者は、この宗太郎一人しかなかったのに、その唯一の人にまで行き先を秘してきたことを悔いずにはいられなかっ

た。

「加代どのには、多分この所へ来られたものと思い、三日ばかり待ちましたが、思いきって江戸を立ちました。しかしよかった、はるばるとやってきたかいがありまして」

「申し訳ありません。ここへ来てからのあらましを話そうとしたとき、加代もまた、「申し訳ありません。実は——」

「や、いつの間に息を吹き返したのか。山の霊泉を持って帰ったらお嬢さんいないのでびっくりこいたよ。木乃伊《ミイラ》のおじいさんは、とうとうお陀仏《だぶつ》だ。薬水いくら飲ましても息吹き返さねえだ」

飛介が加代を探しにき、加代の姿の無事に生きているのをみると、彼らしい安堵《あんど》の胸をおおぎょうになでおろしながらそう言い、月海老人の死を悲しそうに告げた。

蛸《たこ》の美女

二百年の間、生きながら死んでいた月海老人の一生は、まことに数奇の一生といわねばならない。

飛介の持ち帰った霊泉もついに効なく、月海は永遠にまぶたを閉じたままだった。

「猫背山で二百年後の今日よみがえったのは、生きたまま入寂したからのことで、このように塔の下敷きとなって胸をひどくやられて死んだものは、いかなる霊泉も効かない」

宗像宗太郎は、月海の死骸《しがい》をつぶさに調べていたが、これはとてもよみがえるものではないと断定し、壁に描かれたなぞの地図を示し、

「月海老人も、もはや助からぬ自分の命脈を悟られて、こうして壁に秘密の場所を描き残して息を引きとられたのだから、いわば、今度の死は覚悟の死という訳でよみがえることはありますまい」

「なるほどな」

飛介はひどく感心し、

「それでは遺言状にある大切なことというのは、この壁に絵になって残されてい

る訳かね」

「そうだ。この壁の絵だけで、はたして秘密のすべてが解決するかどうかは、今後の調査によらなくては分からぬが」

宗太郎は矢立の筆をとり出し、懐紙へ壁画を克明に描き写し終わると、飛介へ、

「飛介。この壁面を削り去っておくがよかろう。このままにしておくのは、秘密の漏れる恐れがある」

飛介はすぐに鍬《くわ》をもってくると、壁の絵をごしごし削り落とした。壁画がすっかり消えてしまうと宗太郎は月海老人の骸《むくろ》を飛介に背負わせて、猫背山の元の石棺に納め、土まんじゅうに墓をつくり、

——この下に月海永遠に眠る。発掘すべてむだなり、猿丸家。

と記した柱を建てて月海の冥福《めいふく》を祈ってやった。

あと始末はついた、残るは秘密のかぎを得て宝庫をひらくことである。

「加代どのをさらっていこうとした例のさる回しが気がかりです。ことによると壁画の秘密をかのさる回しが写しとってしまったかもしれません。とすると問題

は重大、かつ緊急を要するところへ追い込まれていります」

陣場屋敷へ帰ると、宗太郎は加代にそう言って、

「加代どのには、かのさる回しについて、何かお心当たりはありませんか」

「いいえ、なにも……」

加代は首を振る。さる回しが馬乗りになって自分の乳房をもみ、乳房から何かをかぎ出そうとしたことなどは、恋人の前では、さすがに恥ずかしく、悲しく、それは打ち明けられなかった。

「まあ、それはよろしい。いずれにしてもお体に別状がなくて何より幸いでした」

宗太郎は加代の顔色を読みとると、打ち消すように言い、

「日もまだ高いこと故これから箱根にむかって立ちましょう。急げば今日は蒲原《かんばら》の宿場まで行けますし、蒲原から箱根の宿場まで十二里半、すこし早く朝立ちすれば、明日は日のあるうちに箱根へ着きます」

宗太郎は、何か気がかりになることがあるらしく、一刻も早く箱根の芦ノ湖畔まで行くことを主張するのである。

間もなく飛介を伴った宗太郎、加代の一行は陣場屋敷を出発し、箱根へ着いたのは、宗太郎の計算どおり翌日の午後で、西日はまだ十分に芦ノ湖面を明るく光らせていた。

宗太郎は小舟を一隻借りうけると、なぞ絵に印された湖畔の岩と、折から、西日にくっきり浮き出ている富士の嶺《ね》を一線につなぐ線をまっすぐにこぎ出た。

湖の中程に出ると、左右の目標物と見比べて、ちょうどそれの交差した点の所で舟を止めて、

「問題の鞠《まり》のような玉が、この下にある」

と、宗太郎は、二人へ水面下を示した。

「へえ？　こんな水ん底にある玉を、どうして探し出すのか」

飛介は、あきれたような顔をしてきく。

「この水底に杉《すぎ》の大木が立ち枯れとなって何万年の昔から残っている。俗にいう神代杉《じんだいすぎ》というのは、この湖底の杉林のことだ。水練の達者が、この神代杉を切りとって、硯箱《すずりばこ》、たばこ盆などに作って箱根土産にしているのは昔から有名だ。問題の鞠のような玉は、この舟の下にある大杉の枝にかけられてある」

「へえ……ン。なるほど、うめえことを考えたものだな」
飛介しきりに感心する。その間に、宗太郎は素早く着物を脱ぎ、髷《まげ》は解いては
ち巻きで髪の乱れを締め、
「加代どの、拙者お願いがあります」
「どのようなことでございましょう」
「加代どのの懐剣をお貸し願いたいのです。加代どのの懐剣を持っておれば、湖
底でどのような怪物に出あおうと心丈夫ですから」
加代は、こういう決死の冒険行に際しても、こういう冗談を交えることのでき
る宗太郎を頼もしく見上げながら、懐剣の袋をとり出し、中身を抜くと宗太郎に
手渡しながら、
「どうぞ、十分にお気をつけてくださいまし」
「大丈夫、水府流、影左先生秘伝の潜りの秘術をもっておりますから、怪物の五
匹や十匹には息をとられることはありません。ただ心配なのは、神代杉の林の中
に迷い込んで浮き上がれなくなることです。これが一番恐ろしいのです」
「そのような深い所へ下りなければ、あの玉は取れないのでございましょうか」

「さあ、それがどの枝に懸かっているのか見当がつきかねるので」

「なるべく、杉林の中へお迷い込みにならないように」

加代が案じ顔に言うと、飛介が横から、

「その時は、大きな声で呼んでくださいよ。おいらが助けにゆきますから」

「はっはははは、飛介、お前水の中で声が出せるか」

「ほいッ。こいつはしまった。もし出したらあわぐらいだ」

「あわを吹いたらお陀仏《だぶつ》したと思ってもらわなくてはならん」

「な、なるべく、あわ吹かんように頼みますだよ」

「では——」

ざぶん！　としぶきを散らし、宗太郎は懐剣をくわえて、垂直に湖底めがけて潜った。芦ノ湖は、本邦の湖のうちでもことのほか底が深い。それは太古の昔、ここは谷間だったのを、地動の異変で一方がふさがって湖となったからである。

春の山の湖水は、さすがに刺すように肌《はだ》につめたかった。宗太郎は石の柱を落としたようにまっすぐにぐんぐん湖底めがけて逆さに降りていった。日の光が、ななめに水中ふかく差し込んで、神代杉の枝々が、まるで巨竜《きょりゅう》のように不気味に八方へ伸びている。宗太郎は、その夢の中の風景のようなあやしい枯れ木の中を、問題の鞠の玉をもとめ回っていると、突然一匹の山椒魚《さんしょううお》が真っ向から襲いかかってきた。山椒魚の大きさは五尺は優にあった。宗太郎の頭をひとのみにしようとして、裂けた口をいっぱいにひらいて、ぐわ——っと迫ってくるのを、

「おのれッ」

宗太郎は、ひらりとかわし、かわしざま山椒魚の足をつかみ、短刀をそのあごの辺りへ突き刺した。山椒魚はなにやらすごいうなり声を水中に発して、なおも宗太郎に立ち向かってきたが、最初の一撃が致命傷だったとみえて、格闘数合ののち、赤い血でその辺りを染めながら、ついに腹を上に向け、神代杉の林中ふかく沈んでしまった。

(とんだ暇をつぶしてしまった)

それでも、まだしばらくの潜行能力に余裕があったから、宗太郎はなるべく大木本位にその辺りを探し回った。

——と、彼のすぐ前を、人の影が、すうっとよぎった。ハッとし、ひとみをこらすと、それは女であった。

真っ白の肌に、腰にまとった緋《ひ》のものが、金魚の尾のように水中にひらめいて、まるで竜宮の絵のように美しい。

(このような所に女人……?)

宗太郎が、そう不審を抱いたとき、女の口から垂れ下がっている鎖と、その鎖の下についている鞠のような玉に気づいて、

(やっ、こいつ、秘密の玉を)

宗太郎は海豚《いるか》のような速さで女に近づいていった。女は宗太郎に気づいたらしく、ひらりとそれをかわして、大木の陰へ回ったが、そのときチラリと見た女の顔の美しさ、

(あっ……)

宗太郎は、これこそ水の精ではないかと驚いた。とたんばあ——っと宗太郎の目の前が真っ暗になった。蛸《たこ》の黒墨のようなものが一面にひろがったのである。

(逃げるかッ)

宗太郎は、その黒い水の中を突き抜けて追っかけたが、そのときには、女の姿は、その辺りにはもう見えなかった。

四丁櫓《ろ》の怪速船

「おそいなア、木の枝にひっ掛かって浮き上がれないのと違うかなア」

鉄拐飛介は心配そうにつぶやいた。宗太郎が、神代杉の枝につるされてある、秘密の鞠玉《まりだま》を探りに湖底へ沈んでから、二分ほどたってからのことである。

普通の人間ならば、よほどの呼吸の続くものでも一分間が関の山であるから、二分間も待って浮き上がらなければ、待つ者にすれば、よほどの時間がたった思いを抱くのも無理のないことであった。

が、加代は案外平気で、

「大丈夫ですよ。宗太郎さまは、お師匠様よりも呼吸が長く続くのですから」

水府流の得意とするところは、抜き手と潜水の術であるが、潜水のほうは、宗太郎の師匠、影左軍兵衛は四人半分の呼吸が続いたし、宗太郎は若いだけに五人分の呼吸が続き、影左門下では第一の記録保持者だった。

人間の呼吸を止めうる時間を大体一分間とみて、五人分といえば、五分間に相当する訳である。

　だから、宗太郎の日ごろの潜水記録からそろばんをはじけば、まだ半分の時間もたっていない訳であるから、加代は安心しているのだが、飛介には気が気でないのである。

「この湖には、ものすごい山椒魚《さんしょううお》がすんでいるということだから、山椒魚にでも食われたのと違うかな？」

「飛さん、不吉なことを言わないでちょうだい。そんな心配をする暇があったら、宗太郎さまが無事に鞠玉をみつけて上がってくださるのを、神様にお願いするほうが、どれほど宗太郎さまのためか分かりませんわ」

　加代はムキになって怒るのである。自分の大事な人を、冗談にもせよ、山椒魚みたいないやらしいものに食われてしまったのではなかろうかなどと、のんきな憶測をする飛介の薄情さが、乙女ごころに腹立たしかったのである。

「そりゃア、そうに違いありませんが、お嬢さん」

　飛介は、舟の上に突っ立ったまま、まだ自分の推測を固持し、

「山椒魚に、宗太郎さんが、ガブリと食われた証拠が、それ、そこへ浮いてきま

したからね」

「えっ。どんな証拠が浮いてきまして？」

加代は飛介に証拠まで指摘されれば、いささかあわてない訳にはいかなかった。

「そこですよ。ほれ、ね」

飛介は、舟から二間ばかり離れた辺りを指さし示して、

「そこへ、赤い血が沢山浮いてきましたよ。あれは宗太郎さんが、神代杉の林の中に迷っているところを、木の陰にひそんでいた山椒魚がいきなり飛び出して、ガブリ！」

「まあ、いやッ」

「宗太郎さんの横っ腹にかみついたのにちがいありません。ああ、たくさん浮いてきましたよ……宗太郎さんの血はずいぶん赤いのですね」

飛介には妙なことを感心する癖があるらしい。しきりに首を振って、湖底から浮き上がってくる赤いものへ感心をするのだった。

「違いますわ」

そうなると、加代も乙女の意地。飛介の説を否定したくなるのである。

「あれは、宗太郎さまが山椒魚に出くわされて、くわえていかれた刀で山椒魚の横っ腹をグサリと刺されたのにちがいありませんわ、宗太郎さまは、品川の沖で去年の夏、二間くらいある大きな鰐《わに》を刺し殺されたことがおありなんだから」

「えっ？　鰐を？」

飛介は目を丸くして、

「品川の沖に鰐がいるのですか？　へえ……品川沖に鰐がいるという話は、はじめてききました」

「鱶《ふか》でした。鰐は思い違いでした」

「鱶がね。へえ……品川の沖にね」

「品川の沖に鱶はいないかしら？」

「鰤《ぶり》か何かと間違えていらっしゃるんじゃないかね、お嬢さんは」

「品川の沖に夏は鰤はいませんよ」

「じゃ、まぐろだったんでしょ」

「まぐろだって、夏はあすこにいませんわ、やはり鱶ですよ」

こうなれば加代も意地になって、とにかく二間ばかりの怪魚を仕留めた経験のある宗太郎を吹聴《ふいちょう》しなくては引っ込めないのである。

「だから、こんな山の中の湖にいる山椒魚ぐらいに食われる宗太郎さまではありませんわ」

「食ったか食われたか――もうしばらく待ってみれば分かりますよ。宗太郎さんはいくら潜水の名人でも、一刻《いっとき》（二時間）も水の中にはいられないでしょうから――どうですお嬢さん、一つ賭《かけ》をしましょうか」

「知らないッ！　大事の時に、人の命を賭事に扱うなんて、きらい飛さんてひと！」

加代は美しく怒って、プンと横を向いたとき、目の前へぽかっと人間が浮き上がった。が、その人間は宗太郎ではなく、意外！　それは長い髪を垂らした、人魚かと見まごう肌《はだ》の白い女であった。女は歌麿《うたまろ》えがく鮑取《あわびと》りの海女《あま》のような美しい顔をし、口に何かくわえていた。よく見ると、それは鎖のついた鞠《まり》のような玉であった。

「あっ、宗太郎さんが女に化けて上がってこられた。鞠玉は見つかったんですか？」

飛介はあきれながらも、さすがにうれしそうに呼んだ。すると、玉をくわえて浮き上がってきた女が、片手をあげて、何やら合図の手を振ったと思うと、すぐ、その瞬間に彼らの舟の近くへ、ものすごい速さで一隻の船が矢のように近づいてきた。

船は四丁櫓《ろ》であった。ギイ、ギイ、ギイ……と忙しく櫓音をきしませながら飛介たちの舟の側面に向かって突進してきたかと思うと、

「あっ！　危ないッ」

飛介の叫ぶまもなく、その怪速船は飛介たちの舟に衝突してしまった。メリメリッ！　と激しい音をたてて、飛介たちの舟はへの字にゆがみ、それと同時に、立っていた飛介は湖面へもんどり打ってほうり出され、泳ぎのできない飛介が、したたか水を飲んで、

「あっ、助けてくれッ。沈む……沈む……」

と、もがいているうちに、怪速の船は、湖底から浮き上がった女と加代を乗せると、ふたたび矢のような速さでどこへかこぎ去ってしまったのである。

来事であった。

——この間、長いようであるが、宗太郎が湖底へもぐってから四分半ほどの出来事であった。

やっと浮き上がった宗太郎は、そこに、自分たちの舟が壊れて加代の姿はなく、飛介だけがアップアップおぼれているのを発見し、

「ど、どうした飛介」

と、飛介を助け、

「加代どのは……加代どのは、どうしたのかッ」

「あの船で連れていかれました」

飛介に教えられ、宗太郎はその方を振り返ると、もう一町も向こうをすごい速力で走ってゆく船の姿に、

「やっ！　あいつらだ」

「知っていられるんで？」

「知らないやつだ。が、あの船にさるが一匹いるだろう。あれに見覚えがある、小島で拙者がこらしめてやったさる回しだ」

宗太郎は、抜き手を切って追っかけてゆけばいかに四丁櫓の怪速船でも追いつ

く自信はあったが、飛介を連れているのでどうすることもできなかった。

「残念だッ。さっきの水中の女も乗っている。秘密の玉は一足先に奪われてしまったか」

宗太郎は水びたしの舟に飛介をつかまらせながら一呼吸つき、いかにも残念そうに怪しい船を見送り、

「それにしても、あの女はいつの間に、どこから湖底へ沈んだのであろう。奇っ怪なこともあるものだ」

しきりに首をひねってみたがわからなかった。まるで神代杉の林の中で生活している女としか思われなかった。世の中には恐ろしい女もいるものだ。

「わからない！」

宗太郎はつぶやいた。すると飛介が、

「よく山椒魚にかまれなかったものですね」

と、うれしそうに言った。宗太郎は笑って、

「山椒魚には勝ったが、蛸《たこ》には完全に負けた」

「えっ、蛸？　――この湖に蛸がいますか？」

「女蛸だ」

「女の蛸」

「用意周到なのには驚いた、いきなり墨を流して、その墨の幕の中へ逃れた戦術には、敵ながらあっぱれと感心した」

「へえ……」

飛介には、何のことやらさっぱりわからず、ぽかんと口をあけ、

「蛸がねえ……この湖に……」

と、ひとり感心していた。


猪《いのしし》は上目を遣うか？


「さすがは、芦ノ湖第一の潜水のお辰《たつ》さんだ。一度くぐっただけで、ちゃんと目的の玉を探し出してくるなんて、こりゃまったくの神業だ」

湖畔の旅籠《はたご》宿《やど》、遠州屋の一室である。さる回しの男が、例の蛸女《たこおんな》を前にしてしきりに感心しながら、

「秘密の財宝が手に入ったら、分配はたんまりするが、これは当座のお礼だ、取っておいてもらいたい」

小判を三枚とり出して女にあたえると、お辰と呼ばれた女は、

「昔から言いつたえに、この湖の底に、たくさんの黄金を隠してある秘密の場所を記した玉が沈められてある――ということは聞いていましたが、どこにあるかだれにも分かっていなかったのです。わたしも、湖の底へ神代杉の枝を切りに降りるたびに、それとなく探したものですが、まさかあのような湖の真ん中にあろうとは思いませんでした」

お辰は、この箱根村の潜水の女であった。箱根の土産は、湖産の神代杉の枝で作ったたばこ盆とか茶盆類、印籠《いんろう》などであるが、その神代杉の枝を切るのは女の仕事で、女たちは鋸《のこぎり》をもって湖底に沈み、神代杉を切り出してくるのが唯一の収入になっていたのである。

しかし、湖底といっても岸に近い所ばかりへ沈んでいたから、昔からのそうした黄金伝説をきいても、問題の玉には出くわすことができなかったのである。

さる回しの男は、陣場屋敷で、月海老人の描き残した秘密の地図をいちはやく

盗みとり、箱根へ先回りし、あらかじめ潜水の達者なお辰をやとっておき——あとから来た宗太郎たちの舟の下にお辰をひそませて現場へ赴かせ、宗太郎が飛び込む寸前にお辰を湖底へもぐらせて玉を探し出させたという手回しの良さを示し、そのうえ、加代まで奪ってしまったのである。

さる回しの前には、直径三寸ばかりの鉛の玉が置いてあった。その鉛の玉の表面には、

(宝のとびらこれにて開かん。月海)

と刻まれてあるほかに、秘密の文字らしいものは何も記されていなかった。

「すると、秘密はこの中だな」

さる回しは鞠玉《まりだま》を調べていたが、ひとりごとのようにつぶやいて、

「お辰さん。すまないが金づちを借りてきてくれないかな」

「あいよ」

お辰は、洗い髪のあとのように、まだ乾いていない黒髪を無造作に櫛巻《くしま》きに束ねていたが、それがかえってつやけのある美しさをみせていた。なんでもこのお辰という女は、以前江戸ですこし鳴らした女であるのだそうだが、数年前にこの

箱根村に落ちつき、いつの間にか潜水女になってしまったという一風のある女だった。お辰は、気軽に部屋を出ていったが、すぐに一丁の金づちと堅そうな石を一個たずさえてきて、

「はい、下敷も持ってきましたよ」

と、そこに置いた。

「うむ。なかなかよく気がきくな。まるで世話女房みたいだ」

「あれ、まあ、そんなのでしたらうれしいのですけど」

「おれは独り身だから、妙な返辞をされると、すぐに本気にしてしまうよ」

「だとうれしいのですが」

「さる回しにはもったいないよ。お辰さんほどの器量なら、どんなところへでもゆけるんだから」

「潜水女ではね」

「さる回しに似合いだという訳か」

「ほほほほ」

お辰は、さる回しの男が、うまくゆけば一攫《いっかく》千金の宝の山を当てないとも限ら

ぬと思うから、あいきょうの程はなかなか抜かりがない。さる回しの男もまた、この女は何かの役に立ちそうな女に思えたから、ちょいちょい気のありそうなことを言って糸を引いておくのである。

潜水の女とさる回しの男……いい組み合わせであった。

カチン……カチン……さる回しの男は、鉛の玉を石の上に置いて、金づちで十数回たたくと、鉛の玉は、やがて二つに割れてぽっかりと口をあけた。と、中からピカッと光る鶏卵大の黄金の玉が転がり出た。

「まあ黄金の玉ですね」

お辰は目を丸くし、

「それだけでもずいぶんの目方があるでしょうね。立派なこと」

「小判の十五枚や二十枚はできそうな目方だ」

さる回しの男は、黄金の玉を手のひらにのせて、しばらくその目方を試していたが、

「何か書いてあるぞ」

と、いって、黄金の玉を顔に近づけてのぞくようにし、首をひねりながら、

「なになに……八し子の上目の猪《いのしし》……なんだこりゃ、さっぱり分からない」

さる回しは、しきりに首を振って、そのなぞを解こうとするが、

「八し子の上目の猪……というのは、なんのことだろう?」

「さあ……」

お辰も黄金の玉を受け取って、なぞの文字を判読しようとしたが、チンプンカンプン意味がつかめないのである。

——八し子の上目の猪。

黄金の玉の表面には、そうはっきりと刻まれてあるのだが、さて、八し子というのはなんのことであるかさる回しには見当がつかないのである。

「この辺りに八し子という場所があるかね」

「さあ……」

お辰は首をかしげて、

「聞いたことがありませんが」

「つまり、これは、八し子という所に、上目を遣う猪がいて、その猪の像か何かの下に財宝が埋めてあるというなぞにちがいない」

さる回しはひとかどの知恵者ぶってお辰にたずねた。お辰は、しかしふに落ちない顔をして、

「さあ、ね。そんな簡単なことで解けるなぞなら、なにも苦労して、あのような深い所にあるお杉様の枝にその玉を懸けたりはしないでしょうに……それに、だいいち、上目を遣う猪なんていうのがおかしいよ」

「猪は上目を遣わないかな」

「上目を遣うのは、人間ばかりですよ」

「それも、ほれた相手をそっと見上げるときぐらいのものか……猪には、ほれるなんてことはないのかな」

「猪は、好きなら好きで単刀直入に事をするわ。それ猪突《ちよとつ》猛進といって」

「こいつは一本参った。——ところで、何かいい知恵はないかな。上目を遣う猪について考えは浮かばないが」

「わたし、上目なんか遣ったことありませんから分からないよ」

　お辰は笑いながら、

「うわ目……上目……八し子の猪……ああ、頭が変になってしまった。あ、さる

回しさん！」

「なんだね、妙な声を出して、びっくりするではないか」

「お隣のあの娘さんね」

「おお、あの加代」

「あの娘さんが、このなぞの文字について知っているのではありません？」

お辰は隣室へ聞こえないように、

「あんたさんのお話では、あの娘さんの先祖が、この玉を湖に沈めたのだという話ではなかった？」

「そうそうすっかり忘れていた。こいつはおれらしくもない迂闊《うかつ》さだった。この判じ文を解くには、あの娘さんの体の一部を調べなくてはいけないのだった」

さる回しの目は急にいきいきとしてきた。彼は小島の陣場屋敷でのぞき見ていた、月海老人のあやしい所業を思い返してみて、

「そうだ。あの猿丸加代の乳房が大事なかぎだった」

と、気づき、こいつはしめたと思った。あのとき、月海老人は、加代の乳房へ、おしろいで何かあやしげな文字を彫り込んでいた。隠し彫りというやつだ。

興津川の土手で、その隠し彫りの文字を探り見ようとしたが、折あしくじゃま者の宗像宗太郎が現れたために、それを盗み見ることができなかったのだ。

「そうだ、うっかりしていた。加代をここへかどわかしてきたのは、あの乳房の隠し彫りを見るためだったのに――」

さる回しはおのれの迂闊さを苦笑しながら、ひくい声で、

「それでお前に頼みがあるんだ。実は――」

と、お辰の耳元へ何か、ひそひそとささやいて秘策を言いつけた。

さるはまねる

加代はさるぐつわをかまされ、両手をうしろに縛られたまま部屋にすわらされていた。その前には一匹のさるがちょこなんと座って、加代の番をしている。

このさるなかなかいやらしいさるとみえて、時々あたりを振り返って見、それから文字どおりながい猿臂《えんぴ》をのばし、お加代の胸の間へ手を差し入れて、ふっくらとふくれ上がった暖かいところをつかんでヒヒヒヒと桃色の顔に妙な笑い声を

きざむのである。その度ごとに、加代は上体をくねらせて、さるの手を振り離そうとするのだが、さるは加代の不自由の体をよく承知していて、すこしくらいの加代の抵抗では、加代のふところへ差し入れた手を抜こうとはしない。

さるは、散々に加代の胸の弾力のある隆起物に触ると、こんどは加代の髪から抜きとった釵《かんざし》を右手にもって、加代の着物の上から、その隆起物の辺りをチクリチクリと刺すまねをはじめるのであった。

「いやッ……いやッ……」

加代は気色悪がって、体を左右に振り、さるのいたずらから逃れようとするのであるが、さるぐつわをかまされているので、その声が出ないのである。のみならず、ひざも縛られているので動くこともできないのだ。

さるは、どうやら陣場屋敷で月海老人が、この加代の乳房へ、秘密の文字を隠し彫りにしていた時の様子を見ていたのらしく、それでそのまねをしているのであるが、加代には覚えのないことであったから、

（いやらしいさるッ……なんていやらしいまねをするのだろう）

乙女心に、自分の大切なところを蹂躙《じゅうりん》するこのさるが憎らしくてならなかっ

た。

「何をしますッ。いやッ。いやッ」

しかし、さるは平気で、月海老人のしたことをまねて、キャッキャッ、ヒヒヒ……と熟れて割れた桃が地震にあったような笑い顔を漏らして、釵をさかんに加代の胸へ突きたてるので、しまいには加代は妙な気持ちになり、めまいさえ催しそうになってきた。

「まあ、このさる、横着な！」

そこへお辰が入ってき、この様子を見ると、うしろからさるの頭をぽんとたたいて、

「だれもいないと思って、なんという大それたまねをするのです。さるの分際で立派なお家のお嬢さんにからかうなんて——あっちへ行きなさい」

と、はねのけると、さるは白い牙《きば》をむいて、ヒイヒッと怒りお辰にとびかかろうとしたが、お辰からさらに一つ平手打ちを食わされると、あきらめたように部屋のすみへうずくまってしまった。

「悪かったね。かんにんしてやって、ずいぶんと乱暴なさる回しさんだことね。

こんなに縛るなんて。いま解いてあげますから」

お辰は親切そうに、そう言い言い、加代のいましめを解いてやると、

「ずいぶんと苦しかったでしょう。もうなんでもないのですよ。どうぞおふろに入って、ゆっくりおやすみなさいね」

「あのう……どうぞ、わたくしを宗太郎さまの所へ帰してくださいまし」

加代は座ったまま、ふろに行こうともしないで、宗太郎の所へ帰してくれと頼むのだった。

「分からないお嬢さまね。だからおふろに入って、お体をきれいにしておきましょうと言っているのですよ」

「それでは、宗太郎さまは？」

「もうすこししましたら、ここへおいでになられるのですよ。さ、おふろにはいって美しくなって宗太郎さまをお待ちするのですよ」

乙女ごころである。宗太郎がここへ来ると聞けば、このような乱れた姿で会うのはいやだった。

「そう。ではおふろいただきますわ」

「まあ、現金なお嬢さまだこと」

お辰は笑って、

「ご案内しますから、どうぞ」

お辰は加代を伴って廊下へ出た。加代は、宗太郎がここへ間もなく来ると知ると元気が出て、寸刻も早くふろに行って体をみがき上げたい気持ちでいっぱいだった。いそいそとして廊下を二曲がりほどし、ふろ場の入り口に来ると、お辰が加代を振り返って、

「だれもいませんから、どうぞゆっくりお入りになるとよろしいですわ。人が入ってくるといけないから、わたしがここで番をしておりますよ」

「すみません。そのようにまでしていただかなくても……」

「娘さんのおふろですからね。飛び入りがあってはならないから」

「すみません。それでは……」

「ゆっくりはいってね」

加代がふろ場へ入ってゆくと、お辰はニッコリ笑って、何か計画がありそうなほくそ笑いを漏らした。

乳房問答

すぐ頭の上に、ほそい灯がともっていて、四角なふろの中をぼんやりと照らしていた。

加代は、こころよい湯加減の中に浸りながら、自分の白い腕や肩をすかしながめていると、そぞろに江戸恋しい郷愁にかられてくるのを覚えるのだった。

「あのころは楽しかった」

目をつむれば、増上寺前の自分の家がなつかしくまぶたの中に浮かんでくる。優しい父の姿も浮かんでくる。去年の夏、いとしい人、宗像宗太郎と海に遊んだ日のことも楽しい思い出として、情景まではっきりと浮かんでくる。

こんどの旅は、生まれてはじめての江戸を離れる遠出の旅であった。名所見物の旅なら楽しくもあるのだが、父が非業の最期を遂げ、その父の遺志を継いでの、木乃伊《ミイラ》さがしの旅であってみれば、決して心たのしい旅ではなかった。興津海岸の妖塔《ようとう》における危難。興津川の土手におけるさる回しに連れ去られようとした危機。加代には一切が何のことか分からない危難の連続であった。

（でも、あのとき宗太郎さまが現れて、自分を救ってくださらなかったら、わたしは今ごろどうなっていたであろう。湖底から命を全うして、わざわざ尋ねてきてくださるなんて、ほかの人にはできないことだわ）

加代はその事を考えると、今までの苦労がいっぺんにけし飛んでしまう幸福を覚えないではいられなかった。

（どんなに悲しい時でも、どんなに苦しい時でも、宗太郎さまさえそばにいてくだされば、わたしは悲しさも苦しさも忘れてしまうことができるのだわ……飛介が舟の中であんなこと言ったけど、宗太郎さまは、やはり山椒魚《さんしょううお》に食われずに無事に浮き上がられたのだわ。だから、もうしばらくするとここへ来られるのだ。あの飛介ってずいぶん意地の悪いことを言う男だわ、こんなくらいなら飛介が言ったとき賭《かけ》に応じて、今夜うんと絞ってやるのだった）

加代は、そんな、とりとめのないことを、あれや、これや考えていると、自分の乳房が妙にむずむずするかゆみを覚えて、

（あら、どうしたのかしら……いやらしいさるったらないわ。わたしの縛られて

いるのをいいことにして、散々ここん所をいじるのだもの、本当に困ってしまったわ）

加代は、陣場屋敷以来、自分の乳房に何か異変の起きているのをうすうす感づいていた。あのときとても痛かったのであるが、宗太郎がいたので加代は顔をしかめることすらできなかったのである。

だれもいないとき、そっと胸をひろげてのぞいてみたら、左の乳房がミミズばれしたように、ほそくはれていた。さる回しがさるをつれていたから、さるがつめで引っかいたのではなかろうかとも、一応は考えてみたが、つめで引っかいた跡にしては不規則だった。

（どうして、こんなミミズばれになったのであろう）

思案しているうちに二日目には、その不規則なはれもうすれて、今日はほとんどはれあとが消えていたので、

（ああ、治ったのだわ）

そう思って喜んでいたのだが、さっき縛られているとき、さるが変なまねをしたところから考えると、

（ことによると、やはり自分の乳房に本当に何かの秘密が隠されているのかもしれない）

と、また悲しい気持ちに閉ざされたが、湯に浸っていて、こうしてまた、むずむずと痛いようなかゆいような気持ちになると、加代にはさらに気がかりになってくるのであった。

（どうして、左の乳房だけ、こんなに妙なんであろう）

加代はふろの中で立ち上がって、頭上のあかりへ自分の乳房を近づけて、乳房を調べてみようとし灯を少し太くしたときである。

「ごめんね」

入り口の方に声がしたかと思うと、真っ白な体をしたお辰がいきなり飛び込んできた。

「あらッ」

加代は驚いて、灯に近づけた胸をふろの中へあわてて沈めると、お辰は妖艶《ようえん》な肉体へかけ湯をほどこしながら、

「春とはいえ、山の上はさすがに夜になると寒くてね。ついでだから、わたしも

一緒に入ってしまおうと思いまして、ごめんなさい」

あっ、という間にお辰は豊満な体を加代の前へ沈めてしまった。加代は恥ずかしさのために思わず耳たぶを赤く染めて、

「わたくし、失礼いたします」

上がろうとするのを、お辰はその肩を押さえて、

「あれあれ、こんなに寒いのに早く上がったら風邪をひきますよ。それでは、まだまだみがき足りないからって殿御にきらわれますよ。さ、もっと浸って、もっとわたしがお背を流してあげますから」

厚かましい女である、お辰という女は。加代へ、親切らしく言いながら、なんとなく肩から手を滑らせて、うっかり触ったかのように、加代の乳房に触れてみて、

「あれ、ごめんね……おや？」

お辰は、びっくりした顔になって、加代の左の乳房をながめた。

加代は、ドキンとしながら、

「どうかなっているのかしら？　わたくしのここのところ？」

やっぱりまだ若い。お辰の奸策《かんさく》に早くも加代は落ちてしまって、乳房のことについて、おそるおそる尋ねるのである。

「いけませんね。こりゃ、早く手当をしないととんだことになりますよ」

「えっ。どうなっているのでしょう」

「ごらんなさい、まあ――」

と、お辰はおおぎょうに驚きの表情をみせて、

「ほれね。右手よりも左手のほうが大きいでしょう。世の中には右左の乳房の大きさの違う人はたくさんいますけど、それは赤ん坊を生んでからの話で、つまりお乳を赤ん坊に飲ますようになってから、乳の出かたによって、右左の乳房に大小のできることがありますが、あんたみたいに、娘さんの時代に、こんなに右左違うのはいけないことなのですよ」

なるほど、お辰にそう言われてみると、左の乳房のほうが右のより大きい。それは左の乳房がはれているせいかもしれないが、大きいことだけはたしかだった。

加代は泣き出したいような顔になって、

「このように、右と左の大きさが違うのは、どういけないのでしょうか？」

「これは時々ある病気ですが、手当さえすればすぐに治りますよ。二、三日前から急に痛くなったでしょう、ここが」

「ええ、そうなのです」

「そして、ふろにはいると、ここがとてもかゆいでしょう」

「ええ、そのとおりなのです」

「やはりそうだったのね」

「え？」

「いいえ、よくある病気ですから心配なさらなくても大丈夫ですよ、どれどれ立ってごらんなさい。わたしがみてあげるから」

加代はついにお辰の思うつぼにはまってしまったのである。二、三日前から乳房が痛いだろうということ、入れ墨の隠し彫りをした当時は、湯にはいればむずがゆくなることなど、お辰はさる回しからすっかり教えられて、そのとおり加代に試してみたまでのことである。

さる回しの推察によれば、黄金の玉の表面に彫られた文字のほかに、加代の乳房にもなんらかの文字が隠されているはずである。現に陣場屋敷でこの目で、月海老人が加代の乳房へ彫るところを見ていたのであるから確かであるというのだ。

お辰は女だから、ふろの中でうまく誘いかければ加代は知らずに乳房をみせるにちがいない。入れ墨の隠し彫りは、ふろに浸れば自然に紅潮して文字が浮いて出るから盗みとるに都合がよいという訳である。

「さ、立ってごらん」

お辰にせかされて、加代はさすがにもじもじしていたが、

「わたしが治す手当をしてあげますよ。早く手当をすれば、すぐに良くなるのだから」

と、言われ、加代は催眠術にかかったように、ふらふらと立ち上がってしまった。

お辰も湯の中から体を浮かし、ふろのふちへ腰をおろし、燈心をながくして灯の炎をふとくした。灯の炎をふとくすると、お辰と加代の白い肌《はだ》に灯の光が映えかえって、ふろ場が急にあかるくなった。お辰は加代の乳房をのぞきこんで、

「ふん、だいぶはれているね。ここを、こうもむとはれがだんだんに減ってゆくのですよ」

お辰は加代の左の乳房を、いきなり両手にはさんでもりもりともみはじめた。

「これは手のひら療法といって、こうして度々もんでいるうちに自然に治ってゆくのです。わたしが見本を教えてあげるから、明日から自分でやってごらん」

お辰は、もりもりもんで、いいかげんのところを見計らって、かわらけの灯をとりあげ乳房に近づけた。加代の乳房は白い肌にそこだけ紅潮して大きな桃のように熟れていた。そして、乳房のまわりに、月海老人が加代の懐剣のきっ先で彫り込んだ隠し彫りの文字が鮮やかに浮いてみえた。

「ああ、出た出た」

お辰は隠し彫りというものをはじめて見たうれしさに、思わずそう叫ぶように言った。加代はびっくりして、

「えっ。何が出たのでございましょう」

お辰はごまかして、いえ、なんでもないんですよと、なおも顔を近づけて、

「一番目が……ふ……ふというのですね」

「なんのことでしょうか?」

「二番目が……よ……その次が……じ……その次が……み……」

「あれ、なんのことでしょう。わたくし、気味が悪いわ」

「その次が……さ……その次が……を……その次が……ああ、とても覚えきれない」

「あの、もし、何か文字でも見えるのでしょうか……わたくし気味が悪うございますわ」

加代は自分の乳房をのぞいて、しきりに字を読んでいるお辰の熱心なひとみに接すると、ぞっとする気味の悪いものを感じ、

「わたくし、すこし寒くなりましたから、お湯に浸らせていただきますわ」

と、身を沈めようとするのを、お辰は、

「あと二字です、もうすこし我慢して」

「え?　あと二字?」

「宝の山だよ」

「いやッ。気色の悪い」

加代は、たまらない思いで、身をふるわしていきなり湯に浸ってしまった。

「だめじゃないの、折角浮き出たのに——ええ、こうして立たせますよ」

お辰が力のある腕を加代の両わきへさし入れ、加代を無理に立ち上がらせようとした時であった。

「やっ！　おのれたちは織部熊太郎に池淵、野寺の悪党たちだな」

ふろ場のうしろは通りになっていて、そこからだれかの叫び声が聞こえた。

「おう、そういう貴様は鉄拐飛介か。よい所で巡り会うた。先日のお礼をしてやるぞ」

「なんぬかしやがるんだ。貴様たちは猿丸先生の敵だ、来いッ」

まぎれもない飛介の声である。加代はそれを聞くとさっと湯の中から立ち上がり、小窓をあけると、無我夢中で、

「飛さん。飛介さんッ……」

と、呼んだ。飛介がいる以上、宗像宗太郎がいるにちがいないと思ったからである。

これが本当の素手

「こいつめらがッ」

　飛介は三悪旗本の一人、野寺友之丞に躍りかかってゆき左手をのばすと、友之丞の胸倉をぎゅっとつかんで、

「なんだって興津の気違い塔の下でくたばってしまわなかったんだ。悪運の強いやつらだ。猿丸先生を殺した憎いやつらはこうしてくれるッ」

　さらに右手を伸ばすと、池淵弥十郎の胸元をつかみ、二人を、まるで木頭《きがしら》で打ち合わせるように、バッンバッンと三度かち合わせた。樹齢二百年の老松を押し倒すほどの怪力の腕で、人間の木頭を打ったのであるからたまらない。野寺と池淵は背中と背中を打ちつけ、頭と頭をかち合わし目から星くずを散らし、ううっと妙な声を絞って、

「い、いたいッ。ら、乱暴するなッ」

　と、叫ぶのを、飛介は、

「乱暴もへちまもあるものか。猿丸先生を殺したことを思えば、これくらいなに

が乱暴だ。猿丸先生を殺した、その復讐《ふくしゅう》の芝居の幕あきの木頭がこれだ、本当の芝居ならこれからだ」

続けて、チョン、チョン、チョンとさらに三たび人間木頭を打っておいて、

「えいッ」

と、二人を向こうへ突き飛ばし、二人が四、五間かなたの石垣《いしがき》の下へ仰向けにひっくり返って伸びるのをたしかめると、今度は、

「おいっ大将ッ」

大手をひろげて織部熊太郎へ、

「おのれは猿丸先生を殺した張本人の大頭目だから、木頭制裁だけでは済まないぞ。おのれは素っ首引き抜きの刑にあわせてやるんだ。さ来いッ」

言いも終わらず、いなごのような勢いで躍りかかっていった。

「小癪《こしやく》なッ」

織部熊太郎は、それをパッと横にかわし、横にかわすが早いか、腰の一刀を電光のようにひらめかし、

「えい……ッ」

鋭い気合いとともに、それを振りおろした。さすがに織部の一刀に狂いはなく、仁王のようにひろげた飛介の左腕を見事にざくりと、まるで大根でも切るように、そのつけ根から斬《き》り落としてしまった。

「ぎゃあ……ッ。ひ、ひでえことしやがる」

飛介は反射的に、右の手で左腕のつけ根をさぐったが、いきなり地に落ちた自分の片腕をひろい上げると、

「この野郎ッ。ひでえやつだ。うぬ、こんちくしょう！」

斬り落とされた手首のところをつかみ、斬り口を先にして、それを棒かなんかのように振り回し、織部の横っ面をしたたかたたきつけた。これが本当の素手の戦いというのであろう。まさか腕をひろって打ちかかってこようなどとは思わなかったから、織部は不意を打たれ、腕の斬り口から噴き出した血潮を顔いっぱいにあびて、

「ぶるるッ。あっ、ぷっ」

と、手のひらで血のりをふこうとするすきへ、さらに第二の太刀——ならぬ、自分の腕の武器で、飛介は、織部の刀を持っている小手をぱしっとたたきつけ

を、飛介は、このがたように、

た。織部は、この無法な戦法にすっかり面食らい不覚に刀を取り落としたところを、飛介は、

「こん野郎ッ、ひでえことをしやがる」

と、腕の棒で続けて織部の顔を殴りつけ、えものをすてると、こんどは右の手で織部の胸をつかみ、足かけをして織部を仰向けに押し倒し馬乗りになって、ぐいぐいと上から押しつけた。そのたびに飛介の腕のつけ根の斬り口から、真っ赤な血が噴水のように、びゅっ、びゅっとほとばしるのが、月の光の中にはっきりと見えた。しかし、飛介はその激しい出血の程には気がつかなかった。彼はただいちずに猿丸柳斎先生を殺《あや》めた憎いこの張本人を打ち懲らすことに、自分を忘れているのだった。

「こん野郎ッ。こん野郎ッ。猿丸先生を殺した復讐に、素っ首抜いてやるから、その覚悟をしやがれ」

岩のようなひざ頭で織部の胸を押しつけ、両手で織部の首を引き抜こうとしたが、左の腕は斬られてしまってないことに気づくと、

「こん畜生。腕を斬るなんて、こんなときに便利が悪くていけないや。えい、仕

方がねえ、こうして首抜いてやる」

　飛介は、両手で引き抜くのをあきらめると、右手だけで織部のあごをつかんで、

「えい。えい……なかなか堅くくっついている。よくできた首だ。こん野郎の首は」

　まるで木偶《でく》人形の首でも外すかのように、飛介は不動に押しつけた織部のその首を、えい、えい、と手だけで引き抜こうとして力んでいたが、そのうち、自分の意識が急にかすみがかかったようにおぼろになってゆくのに気づいた。おびただしい出血のために、頭に血の気がうせ貧血を起こしつつあるのだが、飛介には、そういうことは気がつかないで、

「いけねえ。なんだって、急に眠くなってきたんだろう。いけねえ、いけねえ、こう腕に力がなくなっては、こん野郎の首が抜けねえや」

　飛介は、そういうもうろう症状の中で、まだ師の仇《あだ》の首を抜こうとして、えい、えい、とやっていたが、そのうちどたりと木像を倒したように横に倒れてしまった。織部熊太郎ももちろん、怪力の飛介に上から押しつけられ、首をぐいぐ

いと引っ張られたので、飛介より一足お先に気絶していた。飛介という男、まったくむちゃな男である。

白い月の路上に、四つの気絶した人間がころがって――さっき、すぐ道の上の旅籠宿《はたごやど》、遠州屋のふろ場の窓から白い顔を出して、

「飛さんッ。飛介さんッ」

と、呼んだ加代も、あれ以来ふたたびその花の顔《かんばせ》をのぞかせなかったし、飛介と行動をともにしているはずの宗像宗太郎も、どうしたことか、この飛介の危機の場へ姿を現さなかったから、いくら不死身の飛介といえども、このままおびただしい出血をうちすてておけば、数分ののちにはお陀仏《だぶつ》になってしまうであろう。

と、折からここを通りかかった一人の提燈《ちょうちん》の老人が、

「だれだ。こんな所に寝ているのは」

提燈のあかりをさし出してみて、

「おう。斬られているのじゃな。ひゃあ大変な血じゃ。こりゃ早く手当せんことにはあの世ゆきじゃわい」

酒に酔っているらしく、ふらつく足元へ抱えていた箱をおろし、ふたをあけると、中から何やら小道具をとり出して、飛介の傷口へ応急の手当を施しにかかった。茶筅《ちゃせん》に頭髪をむすんでいるところをみると、どうやらこの酔人は医者が本業らしい。

潜水女を尋ねて

木細工屋の亭主《ていしゅ》が、

「美人で水くぐりの術の上手な女、といわれますと……」

と、宗太郎の問いに、しばらく考えていたが、

「あ、それなら金寅《きんとら》んちのお辰《たつ》さんでしょう。あの女はもともとからの水くぐり女ではなくて、いつの間にかこの箱根に腰をすえてしまったのですが、水くぐりのほうはなかなか達者で、今では芦ノ湖一番の水くぐり女といわれています。それにすごい美人ということも、あの女を有名にしているのですよ」

「なるほど」

宗像《むなかた》宗太郎はうなずいて、

「その金寅という家は、どこをどう行けばよいのか」

「金寅なら、ここから二町ばかり行った、湖のほとりですよ。表に沢山の神代杉《じんだいすぎ》の枝を干してありますから、すぐに分かります」

「いやおじゃま致した」

宗太郎は木細工屋を辞して、月の表へ出た。湖上で拉致《らち》された加代の行方を探すのには水くぐりの女の居どころをつきとめれば分かるだろうと思ったから、彼は飛介《とびすけ》に箱根の宿場をあるかせる一方、自分は水くぐりの女のほうから、加代をもとめようとしたのであった。

箱根土産の神代杉の木彫り物を売る店に入って、水くぐりの女のことを尋ねると、その者ならお辰という名の女で、金寅の抱えの水くぐり女であろう——という返辞。金寅は、芦ノ湖の底から神代杉を切り出してきて、それを箱根の細工屋や、長いものは床柱用として、小田原から府中、遠くは江戸までも送っている、一種の材木問屋であった。

探してゆくとすぐに分かった。表に竜《りゅう》のひげのような形をした小枝のない神代杉の枝が山のように積んであった。これらの枝々は、ここの村の水くぐりを専業としている女たちが、山椒魚《さんしょううお》と戦い、湖底からわき出る冷水に耐えながら、命がけで水中から切り出してきたものである。黒光りして、月の光の中で、気味悪い形にそれらの枝々は見えた。

「お辰ですか。お辰なら、今日の夕刻、妙なお客さんに雇われて、湖へ出てゆきましたが。あ、そのお客さんの宿は遠州屋だそうです。多分、まだそこにいるんじゃないかと思うんですが」

宗太郎が訪ねてゆくと、金寅は気軽にそう答えて、

「お辰に何かご用なんですか？」

「ちょっと会って、尋ねたいことがあるのだが」

遠州屋と分かれば長居は無用である。すぐに行って、加代を助け出さなくてはならない。宗太郎はお辰の居どころが分かると、すぐ腰をあげようとしたが、金寅は、

「お辰を訪ねてきなさったのは、お武家様がはじめてですよ。あの女は不思議な女で、五年前に江戸からフラリとこの箱根へ流れてきて、しばらくぶらぶらして

いると思ったら、いつの間にか水くぐりの中へ入ってしまっているんですよ。水くぐりはすばらしく達者だし、顔はあのとおりのべっぴんだし今ではこの宿の名物になっているのですが、不思議なことに、知りあいという者は一人もないのらしく、どこからも便りが来なければ、こちらからも出さない。だから訪ねてくる人も皆目いないという訳で、あの女がここへ来てからあの女を訪ねてこられたのは、お武家様がはじめてですよ。まったくの天涯《てんがい》孤独の女なんですよ、あの女は……」

金寅は、尋ねられもしないことを、べらべらしゃべると、

「お武家様は、お江戸でのお知りあいで？」

「いや」

「それでは、どこでのお知りあいで？」

宗太郎は、面倒くさそうに、

「芦ノ湖の底で会っただけの知りあいなのだ」

「えっ。湖の底で？」

「それも、チラリと見ただけなのだから、あれがはたしてお辰という女であるか

も、はっきりとは分からぬのだが」

「へえ？　湖の底でのお知りあいとはこれは、どうも珍しいお知りあいというものので」

何がなんだか分からず、金寅があっけにとられて、狐にでもたぶらかされたような面妖《めんよう》な顔をしているのをそのままに、宗太郎はいきさつをくわしく答えず、表へ出ようとすると、神代杉を積んである間から、一人の老人が何か大きな荷物を背負って、ひょっこりと姿をあらわした。

「金寅さん」

老人は、表でそう呼んでから、宗太郎に気づくと、

「どなたかな？　すまんが、ちょっとお手を貸してくだされ」

提燈《ちょうちん》を自分の肩へかざしてみせて、

「これが道に落ちていたので、拾ってきたのじゃが、ひどいけがをしているので」

「あ、人間ですな」

宗太郎はのぞいてみて、

「やっ、飛介ではないか」

「あなた様ご存じの方で？」

「拙者と同行の者です。おお、腕を、腕をどうかしたのですか？」

「腕はない」

「ない？」

「ここにある」

老人は背負っていた人間を、そこへ静かに降ろすと、そのものの背中を示した。いうまでもなく、老人はさっきの茶筅髪《ちゃせんがみ》の老人であり、荷物は飛介だった。飛介の背中には、彼の左の腕がひもでくくりつけられてあった。

「ど、どうしたのですか？」

「中へ入れてから話しましょう。お手を貸してくだされ」

老人は、こんなけが人なら、いくらでも扱い慣れているといった風に、まるで品物のように、飛介の体を、宗太郎に手伝わせて、金寅の家の中へ運び入れると、

「遠州屋の裏手を通るとな、このご仁と、ほかに三人のお侍とがころがっていた

のでな」

「ほかに三人？」

宗太郎は、ほかに三人というのは、もしやさる回しの一味ではなかろうかと思った。飛介とさる回しの一味とが争って、相ともに倒れたのだとすれば、加代の安危の程も気づかわれた。

「その三人はな、どこにもけがはなく、ただ気を失っているだけじゃったから、ちょっとおまじないをして、打ちすてておいた。いまごろは、正気をとりもどしているじゃろう」

老人はそう言って、飛介の左腕のつけ根に、応急に巻いた白布を解きはじめた。改めて傷口の手当をしようとするのであろう。さすがの飛介もまだ正気をとりもどさず、こんこんと眠り続けている。

「大丈夫か？」

宗太郎は案じげにきいた。老人は傷口へなにやら薬を塗りながら、

「人間、腕の一本ぐらいでは死にはしない」

至極平気でひとごとに答え、

「それよりも、あの三人もお武家様の知り合いなら、すぐ行って様子を見ておやりになられるとよろしい」

木に登る黄金の玉

鉛の鞠玉《まりだま》を割って、中から出てきた鶏卵大の黄金の玉。その玉の裏に刻まれてある、

――八し子の上目の猪《いのしし》。

の文字を、最前から、幾度も幾度もくり返し、反復しながら考えこんでいた例のさる回しの怪人物。

「どうも分からん文句だ。猪が八つ子を生んだが、その八つ子がそろいもそろって上目を遣うという訳か？　それにしても面妖《めんよう》ななぞだ」

手におえないなぞと知って、あきらめて、ふと気づいたように、

「お辰のやつ、何をしているのかな？　長いふろだ。娘っ子の乳房のおしろい彫りを見るのに、まだ手間どっているとは、案外あいつも口ほどにない女だ――お

い、赤面ッ」

　さる回しは、隣のへやへ声をかけると、赤面と呼ばれたさるがふすまをあけて入ってき、さる回しの前へかしこまって座った。

「キキキキ?·」

　これは、何かご用にございますか?　という猿類語《えんるいご》である。さる回しには、その言葉はよく分かるのであった。

「ふろ場へ行って、ちょっと様子を見てこい」

「キキキキ」

「すぐもどってくるんだぞ。お前の悪い癖で、戸の透き間から女の裸をのぞいてよだれを流して主命を忘れほうけるんじゃないぞ。お前は何かというと、すぐ女の裸にうつつを抜かして悦に入る悪趣味があるからいかん。女二人、ふろ場にいたら、キキキと中のお辰へ合図して、早く上がれといってもどってくるんだぞ、よいか、分かったか」

「キキキキ……」

「決して、長いこと裸をのぞいているんじゃないぞ。お前の裸好きは、そろそろ世間様にきらわれかかっていることを忘れてはいかんぞ」

「キキ」

「分かったら、早く行ってこい」

さるは主命をかしこみて、部屋を出ていったが、すぐに引っ返してきて、手を振り、しっぽを振り、赤い顔を振り、

「キキキキ……キキ、キ、キキキ」

まるで暗号の電信のような叫び声をつたえた。それを聞くと、さる回しは、

「何ッ、二人とも、いない?」

「キキ、キキキ、……キ」

「その辺にいなかったか」

「キキ、キ」

「妙だな」

さる回しは、なぞ文字を刻んだ黄金の玉を懐中にしまうと、急いで立ち上がり、ながい春の夜の山の宿の廊下を踏んで、ふろ場へ行ってみると、ふろ場はシインと静まり返っている。

「お辰ッ……お辰ッ……」

　呼んでみたが返辞がない。さる回しは、脱衣場を調べてみて、そこに二人の衣類がないのをたしかめると、

「はて、どこへ行ったのかな？　大事な玉を勝手にどこかへ連れていかれては」

　さる回しは、ふろ場から引き返して、部屋へもどる途中でも二、三度お辰の名を呼んでみた。それでも返辞がなかった。

「しようのないやつだな。どこへ連れていったのだろう」

　しぶしぶ、部屋へもどってくると、宿の女中が部屋の入り口で、

「お客様ですよ」

　と、告げた。

「お客様？　はて、どなたかな」

「お辰さんを訪ねてこられましたので」

「お辰を？」

　すると、部屋の中から、

「お辰どのでなくともよろしい。さる回しでもよいのだ」

と、男の声が聞こえてきた。さる回しは、ハッとして、部屋の中をのぞくと、そこには宗像宗太郎が座っているのが見えた。

「入れさる回し、遠慮はいらぬ」

「………」

さる回しはさすがにためらいながら、部屋に入りもならず、逃げ腰になって、部屋をのぞきこみながら、

「お、お辰は、ここにはいないが」

「猿丸加代どのが来ているはず。出してもらいたい」

宗太郎は、逃げ腰のさる回しをにらみつけながら、重々しい声で言った。

「猿丸加代？　そのようなひとは――」

「知らぬとはいわさぬ。宿の者に、すでに聞いて分かっている。出せ、ここへ」

さる回しは、隠してもだめだと知ると、急に態度を変えて、

「そ、それが……つい、さっき、二人でふろへ入りにいったんですが、いつの間に上がったのかふろ場にはいないのです」

「いない？　隠したのであろう。どこかへ」

「あのお辰の阿女《あま》が、どこかへかどわかしたらしいのですよ。最前から何度呼んでも返辞のないところをみると」

「かどわかした？」

　宗太郎は立ち上がると、

「よし、加代どのが、ここへ来ていたことが分かれば、探し出すのは拙者のほうでする。ところでさる回し」

「へえ」

「鉛の鞠玉の中に入っていたものをこれへ出せ」

「鞠玉の中の？」

「しらばくれるな。お辰なる水くぐり女が、今日の夕刻、湖底の神代杉の枝から探り出してきた鉛の玉だ。その中に、何か入っていたであろう」

「そ。そんなものは、一向に——」

「知らぬとは言わさぬ。あれを見よ」

　と、宗太郎は、部屋のすみに、石の台と金づちのそばに、二つに割れたまま転がっている鉛の玉を指さし示して、

「あの鉛の玉は、たしかにお辰が水中で口にくわえていたものだ。猿丸家に伝えられるべくして、永の年月この湖底に秘められてきた秘宝を、そのほうたちに横取りにされる理由はない。さ、出せ」

二、三歩近寄ってゆくと、さる回しは、

「そ、そ、そこに」

と、部屋の上の方を指さした。宗太郎は振り返って、

「どこだ」

「そ、その額の裏です」

額には四季花のとり合わせが描いてあり、何か賛が添えられてあった。

「ここだな」

「へえ」

宗太郎は、額の裏へ手をのばし探ってみて、

「ないではないか」

「へえ、もっと奥のほうなんで」

さる回しは、そう言って、宗太郎が背のびして、額の裏へ手を深く差し入れた

とき、

「赤面、来い」

さるを呼ぶと、廊下を一散に駆け出した。続いてさるもそのあとを追って、赤いしりを振り逃げ出した。計られたと知って宗太郎は憤然として、

「うぬ。待てッ」

加代のことが気になったが、しかし秘密の玉のほうが、この場合に、より大事であったから、そのまま追って、宿の表へ飛び出していった。

箱根の宿は、このような山上にあるのに似ず、表通りはあかるかった。名産をひさぐ店々は、まだ店先を明るくしていたし、峠の雲助たちが、今日のかせぎで一杯あおっている飲み屋や、近くにある関所の下っ端役人たちを遊ばす、いろんな店から流れる光のために、この通りだけは、どこかのにぎやかな町通りのように活気があった。

「待てッ」

宗太郎は、そういう明るい通り道を逃げてゆくさる回しを追って、やたらに叫び続けた。さる回しのうしろから、彼の忠実なさるが、これまた一散に走ってゆ

く。

と、さる回しは石につまずいて倒れ、鞠のように勢いよく、ころころと転がった。途端、黄金色に光る卵のような玉が、道の上を転がり飛んだ。

「やっ。あれだ」

宗太郎には、さる回しをつかまえるよりも、秘密の玉を手に入れることが先決問題だった。駆けよってその黄金色の玉を拾い上げようとした時である。

「キキキ」

と、叫んで、そこへ飛びついていったさるが、その玉をつかむと、さっと横手の小路へ逃げこんでいった。

「おのれ小ざかしいさる公め」

宗太郎は、大人げなく、さるへムキになって追っかけた。さるは黄金の玉をつかんだまま、小路の奥の土手に駆け上がると玉を口の中にほおばり、土手に生えている大樹の一本杉へいとも鮮やかに、するするっとよじのぼってしまった。

夜霧の湖上

そのころ、加代を伴って遠州屋を抜け出したお辰は、甘言をもって、加代を芦ノ湖のほとりへ連れ出していた。

月明に、山上の湖は静かに、不気味にひろがっていた。岸には、小舟が数隻つながれてあった。お辰は、その中の一隻に身軽く乗り込むと、

「さ、早く」

と、加代を誘った。さすがに加代は舟に乗ることを躊躇《ちゅうちょ》して、

「あのう……どこへゆくのでございましょう？」

「あなたのよきひと、宗太郎様のところへ行くのですよ。さ、早く」

「宗太郎様は、このような舟に乗らねば行けぬ所におられるのでしょうか」

「さっきね、二人がふろに入っている時に使いの者が来まして、宗太郎様には急に用事ができて遠州屋へはゆけないからこちらへお連れ申してくれとの言づてでしたので」

「宗太郎様は、どこにおられるのでしょう」

「塔ガ島ですよ」

「塔ガ島？」

「ほれ、ずっと向こうに、こんもり木の茂った島が見えるでしょう。あすこが塔ガ島ですよ。あすこへ宗太郎様が大事なご用のために行っていられるのですよ。さ、早く、早くお乗りなさい。早くしないと、あのさる回しに捕まっては大変ですよ。あの男はとてもの悪人なんだからね」

お辰は、加代の手を引いて、無理やりに舟に乗せると、素早く櫓《ろ》をとりあげ、舟を湖中へ出してしまった。

さっき、遠州屋のふろ場で、加代が飛介の声を聞いて、救いをもとめるために、飛介の名をふろの中から呼んだが、その時、お辰は、一計を案じ、ふろから急いで上がると、着物を着け、加代がまだ脱衣場で着つけにぐずぐずしているすきの、ちょっとの間を利用し、ふろ場から出ると、すぐにもどってき、いかにもいま宗太郎から使いの者が来たように加代に告げて、そのまままさる回しのいる部屋へもどらずに遠州屋を逃れ出てしまったのである。

お辰は、ふろにはいって、加代の乳房から秘密の割り呪文《じゅもん》をさぐっているうちに、二つの欲望を起こしたのである。その一つは、黄金の玉の表面の割り文字は、すでに分かっているから、あとはこの娘の乳房の秘密を探りとれば、宝の場所を知るものは自分一人となる訳である。と気づいて、宝の独り占めをもくろんだのと、もう一つは、加代の肉体そのものを、自分のものにしてみたいという情念の実現をのぞんだことである。

（それには、このどさくさに、この娘を連れ出すことだ）

お辰は、そう胸の中でそろばんをはじくと、加代に思案をあたえるすきもなく、加代を外へ誘い出してまんまと舟に乗せることに成功したのであった。

水くぐりの女だけあって、お辰は櫓をあやつる術もなかなか鮮やかだった。小舟は静かな春の夜の湖上をぐんぐんと沖に向かって進んでゆく。お辰は、櫓をあやつりながら、時々ふり返って加代をながめた。加代は船べりに手をかけて不安げにうつむいている。それが月の光にはっきりと浮いてみえて、まことになまめかしい風情であった。

お辰は、ごくりと生温かいつばをのみ込む。沖へ出たらこの娘を、うんと口説いてやろうと思う。さっきふろ場で、この娘の乳房を、なんのかんのにかこつけて、もんでもんでもみほぐしてやったが、あの時の快い感触が、まだ、こうして櫓を握っている手のひらのうちに残っていて、いい気持ちである。

いつか、舟は夜霧のわく中へ入っていた。対岸はもう見えない。

加代は、ふと気づいたように、白い顔をあげて、

「あのう、さっきの塔ガ島とへやらは、まだなのでしょうか」

と、櫓をあやつるお辰へ案じげに尋ねた。お辰は、霧の中でニヤリと笑って、

「もうすぐですよ。ホホホ、そんなに、あのひとに早く会いたいの？」

「いえ。そんなんではありませんが」

加代は、あわてて顔を伏せた。その様子もまたうつくしく可憐《かれん》である。

「なんだか、反対の方へ舟が行っているように思えるものですから」

加代は、ごまかす風に言った。

「ええ、そうなのよ。反対の方へすすんでいるんですよ」

お辰は、すこし、意地悪なところを見せて答えた。

「どうして、どうして反対の方へやられるのですか」

「潮の加減でね。こうして遠回りしないと、舟がうまくあの島へ着かないのです

よ」

「潮の？」

　加代は反問するように、

「潮って……ここは、山の上の湖でしょう。潮のかげんなぞ、あるのでしょうかこんな山の湖に？」

「ほほほ。大ありのこんこんちきよ。あなたは江戸の生まれだから知らないのですよ。この芦ノ湖という湖は、すごい潮……潮というよりも、とても恐ろしいうずが巻いているので、そのうずをうまく乗り切らねば、思う所へ舟は進まないのですよ」

「恐ろしいうず巻きって……どうして、このような山の湖にうずが巻くのでしょう？」

「この湖の底に九頭竜《くずりゅう》の巨竜がすんでいるからですよ」

「えっ。九頭竜の」

「九つの頭をもった毒竜ですよ」

「八岐《やまた》の大蛇《おろち》というのは聞いておりますが、九つの頭の竜というのは初耳です。

そんな恐ろしい竜が、この下にすんでいるのですか」

「その九頭竜が、湖の底で動いたり、寝返りしたりする度に、ものすごいうず巻きが起きるのですよ。ごらんなさい、湖の上に、大きなうねりが起きているでしょう」

「怖いわ」

「こうして霧のたちこめるのは、竜が動いている証拠ですのよ。あっ、竜のしっぽが向こうに見えたよ」

「まあ怖いッ」

加代は、すっかりおじけて、お辰のほうへ体をにじりよらせた。

「わたし、宗太郎様にお会いするのは、明日でよろしいから、どうぞ元へ帰してくださいませ。恐ろしいのです、こんな霧の中で……もしも、その毒竜が、舟を一飲みにでもしましたら、どうしましょう」

「大丈夫ですよ。わたしが付いていますからね。わたしは毒竜を追い払うまじないを知っているから安心していらっしゃい」

「でも、なんだか気味が悪いわ――あれ」

加代は、いつの間にか、櫓をあやつるのをやめて、自分のそばに座っているお辰に手を握られて、思わず体を引いた。

お辰は、つかんだ加代の手をぐいと自分のほうへ引きよせて、

「ね、加代さん、いいでしょう。あなたは、わたしの言うことをきかなければ、わたし、この水底の竜に、あなたの体をくれてやってしまいますよ」

熱い息を、加代のほおへ吐きかけて、お辰は加代を、ひしと抱きしめ、

「ね、竜のお嫁さんになるのが怖かったら、わたしの言うことをきいておくれ。ね、ね、いいでしょう」

「いけません。そのようなこと、わたし、わたし……」

加代は、必死になってお辰の体をはねのけようとするのだが、お辰の両の腕は、ずるずると力がこもって、加代の体をますます強く締めつけるのである。

「ねえ、加代さん。あなたの乳房の文字ね、わたし忘れないうちに、もう一度くり返して読んでみたいの、一番目はなんと書いてありましたっけね……ふでしたかしら？　あ、たしかに、ふ……でしたね」

「知りません。わたしには、なんのことか、すこしも存じません」

「二番目が、よ……でしたね。その次が、じ……で、その次が……」

「いや、いや、こんなところをもむのは！　わたしなんにも知りませんのに」

加代は、自分の胸の隆起物の上にかかっているお辰の手を強くはねのけて、

「お願い、後生だから帰らせてくださいまし、わたし怖い」

「だめだめ。このお辰さんに見込まれたら、思いを遂げさせておくれでない限り、金輪際お帰しする訳にはいかない」

お辰は、ますます執拗《しつよう》に加代の体に絡みついて、

「あんまり、わたしをきらうと、わたし本性をあらわして、あなたを本当に飲み込んでしまうよ」

「えっ？　本性……って？」

「わたしこそ、いま話した九頭の竜よ」

「ひぇっ」

「その九頭の竜が、人間の女に化けて、こうしてあんたを湖の上へ連れ出してきたという寸法よ。だから、あんたの一人ぐらい、本来ならば、舟もろとも一飲みにして思いを遂げてしまうんだけど、それでは味がないから、あんたの心に訴え

ているのですよ。日高川の清姫だって、あれはもともとからの大蛇だったのよ。だから安珍が逃げ出せば、本性を現して、鐘を焼いて安珍を殺すようなことになったんですよ」

「………」

「さ、わたし、本性を出して、九頭の竜になってしまえば、あんたを一飲みにしなくてはならないのですよ。それでは、あんたも困るでしょう、命がなくなるんですからね。そんなことにならないうちに、あんた、心からわたしの言うことをきく気になっておくれ」

お辰は鷹《たか》に捕まった小すずめのように、恐怖にふるえている加代へ、さらに怖い顔をしてみせて、

「ごらんよ、わたしの顔……どこか毒竜の面影があるでしょう。でも、まだ人間の姿をしている間は、人間の女らしく、優しい心を持っているのですよ。さ、どう？　早く決心をつけないこと？」

お辰は、そう言って、今は恐怖にうちふるえる加代のほおへくちびるをあてたり、熱い息で加代の顔をなでまわしたり、柔らかい弾力のある加代の太股《ふともも》をつ

ねったり……狂態の限りをつくすのであった。

「……………」

加代は、もう言葉もなく、体を縮めてぶるぶる震え、お辰の狂態にもまれるよりほかにしようがなかった。

霧はますます深く、湖上は三尺向こうが分からず、ただ見えるものは、乗っている舟と、お辰の狂おしい姿だけで、この山上の湖の沖では、救いをもとめるにも、そのよりどころとてなかった。

お辰は、この無人の境をよいことにして、ますますはげしく加代にいどみかかってゆくのである……。

どっちが乱暴

「ああいてえ。ああいてえ。じつに乱暴なことをするやつだ。だからおいら、さむらいなんてものはきれえなんだ」

神代杉《じんだいすぎ》の問屋金寅の奥の部屋で、鉄拐飛介《てつかいとびすけ》は、織部熊太郎に斬《き》られた左の腕の

つけ根を、包帯の上からさすりながら、さすがに、まだ痛そうに顔をしかめ、

「こっちが武器なしの素手で殴りこんでゆくのに、いきなり刀を抜いて、ひとの大事な腕を斬り落としてしまうなんて、旗本なんてものはけんかの仁義を、ぜんぜんわきまえてはいねえんだから話にならん。あ、いててて……あ、いてて……腕を斬られると、こんなに痛いもんだとは、生まれてはじめて知った」

のんきな飛介。それでも、右手で布団を押しのけ、体を起こすと、まだ、すこしめまいを覚える頭を、右手のゲンコツでこんこんたたきながら、

「昨夜、たしかに猿丸先生のお嬢さんを、あの宿屋の裏の窓に見たが、あのときのお嬢さんは裸だったように思えた。するとふろにでも入っていたのかな……声が、ひどくせき込んでいる様子だったが、悪者にでも変な目にあわされていたのではなかろうか？」

左の腕を斬られたことよりも、主人の娘の加代の身の上のほうが気になるあたり、飛介はやっぱり主人おもいのいちず者、いい男。

「それに、宗像宗太郎さんは、どうなさったであろう。おいらがあんな所でけんかをしてひっくり返ってしまったので、きっとおいらを探していなさるにちがい

ない。おお、そうだ。こうしてはいられん。宗太郎さんに会って、お嬢さんの居どころを知らさなくてはならん」

飛介は、どこまでも不死身にできている。やっこらさと立ち上がると、明かり障子をあけて外をながめた。が、外は箱根名物の朝霧が白くたちこめ、すぐ目の前に、四、五本のほそい箱根竹が見えるだけで、それから向こうは、何ひとつ見えないのは、おそらく向こうは芦ノ湖になっているのであろう。

「湖らしいな、向こうは……」

そういえば、夜明けごろ、夢うつつの飛介の耳に、しきりに水鶏《くいな》の鳴き声が聞こえたようだった。

いまは、日はすっかり上がって、白く光る霧の中に、うぐいすの声がしている。

「ホーホケキョ……ホーホケキョ……うぐいすの声もいいが、ああいてて……あいてて……腕を斬られたのはいてえ」

飛介は、朝の白い空気を、つかれた肺腑《はいふ》へこころよく吸いこみながら、左腕を斬られたために、よけいに力のこもってきた右腕を、えい！　えい！　と前へつ

き出し、肩の凝りを調節していると、

「おお、元気になられましたか」

金寅の主人惣兵衛《そうべえ》がふすまをあけて入ってき、うしろからあきれたような声で言った。その声に飛介は振り返って、

「ここは、どこで？」

「うちは、神代杉を扱っている金寅という問屋じゃが……いやア実に驚きましたよ」

「へえ？　化け物でも出ましたか」

「化け物？」

「驚いたというから、化け物でも出たのかときいているんだ」

「こりゃあきれた。驚いたのはお前さんの乱暴さですよ。お関所詰めの医者で、のんべえの順庵《じゅんあん》さんが遠州屋の裏道で、お前さんが左腕を斬られて倒れているところをみつけて、うちへ担ぎ込んできたのじゃが……あとで、この村の者の目撃談では、お前さんは斬られた腕で、相手のお侍さんの横っ面を殴りつけて、相手を気絶させてしまったそうですな」

「そこまでは覚えている……まったく織部というさむらいは乱暴者だ」

「乱暴なのはお前さんでしょう。自分の腕をひろって相手をなぐるなんてのは、けんかの定法にはありませんからな」

「自分の腕で殴るのは乱暴かな」

「あきれたひとだ……お前さんという人は」

惣兵衛は、どこまでも不死身にできている飛介の野放図さにあきれながら、

「お前さんのご主人は宗像様というお侍さんかね」

「宗太郎さんはおいらの主人じゃねえ。あの人は、おいらの主人のお加代嬢さまのなにかなんだよ。それはどうでもよいが、その宗像さまがどうしたというので？」

「昨夜から、この近くの湖畔の土手の、大杉の下でがんばっていられるのですよ」

「木の下で何をしているんで？　杉の実でも落ちてくるのを待っているのか」

「さるの降りてくるのを待っていられるのだそうですよ」

「さる？」

「なんだか知りませんが、さるが大杉の上へ逃げて上ったので、それを捕らえようとして、一晩中あの土手でがんばって、とうとう夜を明かされたそうですが、お前さんを見舞いに来るひまがないのでよろしく頼むといって言づけてこられましたよ」

「物好きなお侍さんだ。かんじんのお嬢さんを探さないでさる公を追っかけ回すなんて……だからさむらいというものは薄情だからきらいなんだ。ちっともお嬢さんのこと考えてやらねえんだからな」

　昨夜の宗太郎のさる回し追跡の一件を知らない飛介は、いちずに加代の身を思うのあまり、宗太郎のさる待ちの土手の一夜をはがゆく感じるのである。

「それで、その猿公《えてこう》は、まだ杉の木から降りてこないんですかい」

「まだがんばっているのですよ、木の上で……もっとも霧が深くて木の上は見えないので、さるがはたしているかいないのか、それもはっきりとは分からないそうですが」

空飛ぶ秘密の玉

箱根の霧は、太陽がある高さにまでのぼると、文字どおり忽然《こつぜん》として雲散霧消する。これは箱根どくとくの妖霧《ようむ》で、ほかに類例はない。

まるで、芝居の幕でも引き払ったかのように、巨大な霧の幕が瞬くまに消えてしまうと、春の太陽がまばゆいばかりに輝き出し、それが芦ノ湖を白く光らせ、周囲の山々——要害山、鞍掛岳《くらかけだけ》、駒《こま》ガ岳《たけ》、神山などの峰々が、その反射でくっきりと浮き上がる。

「なんですか、何があるのですか?」

宿場の人々が、三人五人七人と土手の上へ集まってきて物珍しげに尋ねると、宗像宗太郎は霧のために、しっとりと露をふくみ、その露玉が朝の日を宿して、きらきらと宝珠の木のように光っている大杉を見上げながら、

「なんでもない」

と、答え、できるだけさりげない風を装うのであるが、宿場の人々は承知しない。

「なんでもないって……お侍さんは、昨夜からずっとここに立ちづめではありませんか」

「なんだ、見ていたのか」

「見ていたかって……わたしは、この土手の下に住んでいるから、よく知っていますよ。昨夜えらく騒々しいので、窓からのぞきましたら、お侍さんが、一匹のさるを追っかけて、さるをこの木の上へ追いつめられたんじゃありませんか」

「知っているのなら問う必要はないではないか」

「あれはお侍さんのさるですか」

「いらざる穿鑿《せんさく》をするな」

宗太郎は、いささかムッとしたように、ふきげんに言って、

「いるかなさるめ？　一本杉だから、この木以外のところへは移れないはずだ」

ひとりごとのように言って、四、五間はなれた辺りへ退き、高い杉のこずえを見上げた。するとこずえのあたりに、ぴかぴかと黄金色に光るものが見えた。

「おお、昨夜の玉」

宗太郎には、その光りものが、昨夜のさるがひろって逃げた、あの黄金の玉で

あることがすぐに分かった。

きらきらと光るのは、こずえの枝に腰をおろしたさるが、例の玉を珍しそうにながめながら、もてあそんでいるのに日が当たって反射するからで、それは大きな露玉のように、目にいたいほど鋭い光をふくんでいた。

「うむ。黄金の玉は安全にあすこにある。さて、あれを、どうして取り上げたものであろう」

宗太郎は、その方策について考えをめぐらせてみる。手裏剣を投げてさるを撃ち落とすすべもあるが、手裏剣がさるに命中した瞬間に、さるの手から玉が飛んで、湖の中へ落ちないとも限らない。なにしろ、この大杉から湖へは、三間しか離れていないのだから——

では、よじ登っていって奪い取るとしたらどうか？　しかしそれも危険である。うまく奪い取れればよいが、過ってとり落とし、そのすきに他人にひろわれた場合——これは、湖中に落としたのよりもあとが困る。

「どうして取るべきか？」

宗太郎は、しばらく考えを、あれでもない、これでもないと、迷わせている

と、

「宗像のだんな」

うしろから声がしたので振り返ると、そこに片手を失って、左の袖《そで》をぶらぶらさせた飛介が、ぼそっと立っていた。

「なんだ飛介か」

「おはようございます」

「おはよう……って、お前もう大丈夫なのか」

宗太郎はあきれたように、飛介の野放図な姿をながめながら、

「片腕を斬られて、よく起きてこられたものだな」

「脚なら歩いてこられないが、腕だから歩くのには困りませんよ」

「なるほど、お前らしい言いぐさだ」

「おいら、越後獅子《えちごじし》みたいに腕であるいたことはありませんからね……それはどうでもよろしいが、だんなは一体なにを見物していなさるんで」

「あれだ」

「杉のてっぺんですか」

「てっぺんに光っているものだ」

「ああ見える見える……なんですかい、あれは？」

「黄金の玉だ。さるがもてあそんでいるのだ」

「違いない」

　飛介は、せむしの背を無理にのばして、大杉のこずえを見上げながら、

「あんなものが面白いのですか」

「面白くはないが、あの玉が必要なのだ」

　と、声を低め、

「それ、例の神代杉の枝にかかっていた秘密の玉なのだが、あれがなくては月海老人の遺言のなぞが解けないのだ」

「おいらが木にのぼって、取ってきましょうかね」

「お前が？」

　宗太郎は、片手しかない飛介の姿にあきれた顔をする。

「おいら木登りは名人ですよ。陣場山のさると木のぼり競争をして、一度だって負けたことはないんですから」

だから片手でも、これくらいの木なら登るくらいのことはヘイチャラだといった顔で、飛介はもう杉の木の下へ歩みよっていた。

「過って、あの光るものを湖の中へ落とさぬ用心をするのだぞ」

「大丈夫ですよ。柿《かき》の実をとる要領でやればいいのだろう」

飛介は、片手をうまく使って、するするっと、いとも鮮やかに杉の木を登ってゆく。その巧者なことまさにさる以上であった。宗太郎が下から、

「うまいなア」

と、ほめると、

「ほめると油断をして落ちるから、黙っていてもらいたい」

飛介は、枝々を一つずつ登りながら、宗太郎のほめ言葉に文句を言った。文句を言いながら、

「お嬢さんよりも、あんな黄金の玉のほうが大事なんだからいやになってしまう……おいらにはお嬢さんのほうが気がかりなんだが……だから、さっき遠州屋へ行ってみたのだが、お嬢さんは、お辰とかいう水くぐりの女と昨夜どこかへ出掛けたきり帰ってこないという返辞に、おいらがっかりしてここへ来てみたら、宗

太郎だんなはさる見物だ。まったく情のないだんなだ。おいらのほうがよほどお嬢さん思いというもんだ」

ぶつぶつひとりごと。すると下から、

「飛介。何をぶつぶつ言っているのだ」

と、宗太郎が、

「片手で木にのぼりながら、ぶつぶつ言っていると、すきができて落ちるぞ」

「あれッ。おいらのまねをして……だんなは、あんなことをいって、お嬢さんよりも、さるの玉を大切にしたことを、ごまかそうとしていなさるんだ。ずるいな」

「早く登って、さるの玉を奪え！」

「だんなが、ほんとにお嬢さんのことを真剣におもっていないのなら、おいらお嬢さんに会ったら、だんなの心底を教えてやろうかな……こんなだんなとは知らずに、一生懸命にひいきにしているお嬢さんがかわいそうだ」

飛介、どうやら、加代と宗太郎の仲の良いのをやいているのらしい――ようやく、さるのいる下まで来た。こずえのさるは、下から己の同類に近い姿をした、せむしの飛介がのぼってきたとは気づかないから、卵大の黄金の玉を宙に投げ上げ、それを器用に猿臂《えんび》をのばして受けとめて、キャッキャッ声をあげて喜んでいる。さるという動物は、何よりも、こういう金属を喜ぶのである。そしてそれを大切にすることは大変なもので、山中でさるの群れにあった場合に、小銭を一粒投げあたえると、さるはそれを拾って、葛《くず》の蔓《つる》でぐるぐる巻きにしてしまうくらいである。それはさるの葛玉《くずだま》といって、さるにとっては、この上ない珍宝なのである。

「いけねえ、受け止めそこなって、湖《うみ》ん中にでも落ちたら、それこそ宗太郎だんなからお目玉だ――やい、さるッ」

飛介は下から怒鳴った。さるはびっくりして、素早く黄金の玉を口の中へほおばり、逆さになって、白い牙《きば》を飛介へ向けた。のぼってきたらつめで引っかいてやろうという態勢である。

「出しな。そいつは飴《あめ》ん玉《だま》と違うんだから出しな」

飛介は、引っかかれない用心をして徐々にさるに近づき、やっ！　と手をさしのべて、さるの足をつかんだ瞬間、ぶあ……っ！　と、黒い雲が突如として空から舞い降りてきた――と見えたのは実はそれは一羽の大鷲《おおわし》で、突風のような激しい風が、それと一緒に巻き起きてきて、飛介を吹き飛ばし、飛介はアッと叫んで木の枝を踏み外し、五、六枝に体を打ちつけながらも、かろうじて右手で最後の枝につかまり、宙ぶらりんになってしまった。

大鷲の両翼の長さは十二尺は優にあった。その胴体がさっと大杉のこずえをかすめたと見えた瞬間、さるは軽々と鷲のつめ先につかまれ、青空高く飛び離れていた。

「いけねえ……いけねえ。さるが鷲にさらわれた」

飛介は、右手一本で木の枝にぶら下がりながら、あわてて、

「しっ！　しっ！　こらッ大鷲ッ！　そのさるは連れてゆくことならん！」

と、大声でしかった。が、鷲は秘密の玉を口中にほおばったさるをつかんだまま、ゆうゆうと、はるかの神山の方角へ飛翔《ひしょう》してゆくのであった。万事休す！秘密の呪文《じゅもん》を刻んだ黄金の玉は、寸刻の差で宗太郎の手に入るべくして、またまた長蛇《ちょうだ》を逸してしまったのだった。

狼《おおかみ》とほっぺた

——さて、一方、お辰と加代は、昨夜あれからどうしたのであろう？

とにかく、加代は夜の湖上で、お辰の物狂おしい愛欲の魔手を、身をもって防ぎとおして、とうとう、これも湖上で夜をあかしてしまったことは間違いのない事実にちがいなかった。

と、いうのは、いま、箱根の生き地獄と呼ばれている大涌谷《おおわきだに》に通じる山道を、お辰が加代を連れて登りながら、

「ごめんなさいね、お加代さん。昨夜のことは、本当はわたし、宗像宗太郎さんに頼まれて、あんたの心をためしてみたまでのことよ」

「えっ、宗太郎様に？」

宗太郎と聞いただけで、もう、ぼう……と顔をあからめる加代であった。

「そうよ。宗太郎さんがね、あなたをお嫁さんに迎えるために、あんたの心のたしかさを試したくて、わたしに、ああいう芝居を打ってくれと頼まれたのですよ」

「まあ……」

「湖の底に、九頭の竜がいるという話もうそだし、わたしがあんたを好きだというのも作りごとなの」

「……………」

「でも、本当に感心しましたわ、あんたの心のたしかさには——これで、宗像様にお会いしてもいい土産ばなしができたというものよ」

お辰は、ゆうべ湖上で、あんなに気違いのようになって、加代をかきくどいたことなど、けろりと忘れてしまったかのように、しゃアしゃアと言ってのけるのである。

「あのう、それで宗太郎さまは、一体どこにいなさるのでしょうか？」

加代はお辰に導かれながら、不安げに尋ねるのである。昨夜は塔ガ島に宗太郎がいるといい、朝になって、お辰は、宗太郎さんは、実は早雲山のふもとの寺におられるといい出し、早雲山へゆくには、大涌谷を通ってゆくのが近道だといって、舟を姥子《うばこ》に着けて、ここまで加代を引っ張ってきたのだった。

「そのようにお急ぎになるものではありませんよ。もうすぐですからね。ほれ、ごらんなさい、あすこに黒い煙、白い煙を吐いている所が見えるでしょう。あれが箱根の大地獄谷よ。あすこを通り越せばすぐに早雲山のお寺に着きますからね」

お辰の指さすかなたに、なるほど、むくむくと、黒い煙がわき上がり、その間を縫って、白い煙がわき上がるのは、おそらく地獄の底から噴き出す湯気なのであろう。

加代は、なんだか狐《きつね》に憑《つ》かれたような気持ちで、お辰のうしろから従ってあるきながら、

（宗太郎様が、わたしをお嫁にもらってくださるというのはうれしいけど、わたしの心を試すために、こんな女に、あのような芝居を打たせなさったというのには、わたし不服だわ）

胸の中で、宗太郎のつめたい心を恨むのだった。

（なぜ、あのようにしてまで、わたしの心を試さなくてはならないのであろう。宗太郎さまにはわたしの心はよく分かっていなさるはずなのに……去年の夏、あの浜御殿下の水泳あそびの折に、二人の心と心はよくとけあったはず……それ

を、それを、このような箱根の山中に来て、わたしの心をお疑いになって、こんな女をつかって、わたしを試されるなんて……)

考えれば考えるほど、宗太郎に対して恨みがましい不服が言いたくなるのである。

(ことによったら、この女が、昨夜わたしのふろの中へ入ってきたが、あれも宗太郎さまのお指図かしら――？　おお、いやだ。あのようにしてまで、わたしの体を調べなくてもよさそうなものを、宗太郎さまって、そんないやらしいお方だとは思わなかった。ああいやッ……考えてみただけでもいやッ、ぞっとするほどいやッ……)

乙女心のいちずの潔癖。加代は急に宗太郎に会うのがいやになってきて、

「わたし、もう行くのいやッ」

だだっ子のように立ちどまって、テコでも動かない様子を示すと、お辰は急に怖い顔をして、

「困りますよ、そんなことを言われては……あんたを連れていかねば、わたし宗太郎さまにしかられますもの」

「でも、いやッ。ひとの心を試すなんて、そんな冷たい宗さまなら、わたし、どうしても会いたくないッ」

「だだっ子ね、この娘は……男ってものは、みんなそんなものですよ。それを一々気にして怒っていては、とても、いい殿御はできませんよ。ふふふ、そうしてすねた姿もまたかわいいものね。そんなすね姿を宗太郎さんに見せてごらんよ。喜んで飛びついてほっぺたを、ちゅうちゅうと音をさせてお吸いになるから」

「いやッ、きたない！　ぺっ！」

「まあ、あきれた。ほっぺたを吸われるのが、どうしてそんなに汚いの……いいものよ、好きな殿御にほっぺたをちゅうちゅう吸ってもらう気持ちはね」

「わたし、本当に帰るッ」

「ひとりで帰ってごらん、途中で狼《おおかみ》が出てきて、あんたのほっぺたをペロペロなめられるからね」

「なめられても構わないッ。そんな冷たい宗さまになめられるより、狼になめてもらったほうが、どれほど幸せかわからないッ」

「おやおや。宗太郎さんも、狼以上にきらわれては浮かぶ瀬がないというもの……そのようにだだをこねないで、とにかく一緒においで、狼はほっぺたをなめたうえで、あとであんたの体をポリポリ食ってしまうのだから」

「まあ、体を……」

「そうよ。そこへゆくと、宗太郎さんはほっぺたをなめても、体を食うとはおっしゃらないからね」

「まだ、そのようなことを」

美しくお辰をにらんで、

「きらいッ！　宗さまのばかッ！」

地獄の一丁目

と怒ってみたものの、加代もまた乙女であった。口達者なお辰になんのかのと、うまく誘いこまれると、そこはそれ、恋するものの弱さの、会いたさ見たさの念に引かれて、加代はいつの間にか、牛にひかれて善光寺まいりならぬ、恋にひかれて、大地獄谷の上にまで来てしまった。

　むかしは、箱根の山中は一つの冥府《めいふ》になぞらえていて、死出の山、三途《さんず》の川、賽《さい》の河原、血の池、閻魔《えんま》台などの名称があちこちにあり、この大涌谷は、その中の一つの大地獄にあたっていた。西北に早雲山、東南に大地獄山がそびえその中間に、この噴煙地獄が四六時中、ごうごうとものすごい音をたて硫気をふくんだ煙を吐き上げているのだった。

　お辰は加代を連れて、俗にいう蟻《あり》の戸渡しという危険きわまりのないほそい道をあるいていた。時々、吹きあげる黒煙が二人の体をつつんだ。

「怖いわ」

　加代は、足元をふるわしながらいかにも恐ろしそうに言った。

「だめね。こういう危ない所を通ってこそ、恋しい殿御に会ったときのうれしさが倍になるというものですよ。さ、わたしが手をひいてあげるから」

　お辰は、手をさしのべて加代の柔らかい手のひらをつかむと、加代は恐ろしさのために、思わずお辰の手をしっかりと握り締めた。お辰はその柔らかい加代の手のひらから伝わってくる若い血潮を胸に感じると、急にうれしくなって、

ぎゅっと握り返して、

「さ、しっかりつかまっているんですよ。すこしでも手の力をゆるめると、足を滑らせた時に危ないからね。なにしろここは地獄の一丁目ですからね」

そう言いながら、加代をぐいと間近に引き寄せて、

「ね、加代さん」

「え？」

「もし、二人が、こん中へ落ちたらどうしましょう」

「どうしましょうって命がなくなるだけではありませんの」

「つまり、心中って訳ね。そんなことになるのいや？」

「恐ろしいわ、そんなことおっしゃらないで」

「ね、加代さん」

お辰は、そろそろふたたび本性を現しはじめる。

「昨夜、ふろの中で、あんたの乳房を見たでしょう」

「どうして、そんなことを、急に……」

「あの続きを、もうすこし見せておくれでない」

「乳房なんか見て、どうなさるの？」

「あんたの乳房に、わたし、とても用があるのよ」

「いや、そんなことッ」

「見せてくれない？」

「いやッ、いやッ」

「そうオ。じゃやめましょう。その代わり、わたし、ここへ飛び込むわ。あんたの手を、こうして握ったまま……すまないけど、あんたを道連れにさせてもらうわ」

お辰は、こころみに、ぐいと手をひく！　と加代は恐ろしさのために、怖い！とお辰にしがみつき、

「かんにん……かんにんして……わたし、死ぬのいや」

「そりゃいやでしょう。あんたには恋しい宗太郎さんという、いい殿御がいられるんだからね。じゃ、道連れにするのもやめよう。わたし一人で飛び込むから」

「いけません。いけません。飛び込んではなりません」

加代が必死になってお辰の体にしがみつけば、お辰は、腹の中で、しめしめと

おかしく笑いながら、

「いいじゃないの、わたしの体を、わたしが勝手にすてるのに、だれにも遠慮はしませんわ。本当に地獄へとび込むからとめないで」

と、なおも飛び込もうとするのを、加代は泣き声になって、

「いや、いやッ。死んじゃ、いやッ」

「じゃ、わたしに、あんたの乳房みせてくれる?」

「それは……」

「では、死にますよ。ここへ落ちて、昔から助かった者はいないのですから」

「いやッ、いやッ、死んでは」

「それじゃ、見せてくれる乳房を?」

お辰は、加代の乳房のおしろい彫りを見極めたうえで、加代の出方次第では、加代を地獄の中へ突き落とす決心で、加代をここまで誘ってきたのである。

あの黄金の玉の表面に刻まれてあった秘密の割り呪文《じゅもん》はすでに覚えてしまったし、ここで、加代の乳房に彫られた片方の隠し文字を見てしまえば、おびただしい黄金の埋蔵場所を知る者は自分一人だけということになる。このような幸運は

またと来るものではない。蛇《じゃ》が蛇《へび》でも、ここでこの娘をおどしつけて、乳房の秘密を盗まなくてはならないのだ——とお辰は、

「どう？　見せてくれなければ、わたし本当に死ぬよ」

「かんにん、それだけは、わたし」

「だれも見ていないのだから、さ、早く返辞をなさい……ほら、ほら、また黒い煙よ。あ、あの黒煙の下に、ペロペロと狼の舌のような赤い炎が……」

「怖いッ」

加代が、恐ろしさのために、思わず目を覆った時であった。

突然、ダア……ン！　という恐ろしい音が、すぐ上の方に響いた。そのせつな、

「あっ……加代さん」

「お姉さん」

二人の女の叫び声が、同時にほとばしって、今の音で、どちらかが驚きの余り足を滑らせたのであろう、手と手を握りあった二人は、あっという間に白煙の噴き上がる地獄の底へざざざ……っと滑り落ちて消えてしまった。

と、この地獄の上空を飛翔《ひしょう》していた丈余の荒鷲《あらわし》が、両脚にしっかりつかまえていた一匹のさるを放し、さるは、くるくると舞いながら地獄の岸へ落ち、これも、ころころと岸を滑って、地獄の底へ消えていった。

さるを落とした荒鷲は、いかにも軽そうに、地獄の上をゆうゆうと二、三回旋回し、やがて東の方へ、ばたばたと飛び去ったが、そのくちばしには、ぴかッ！と光る黄金の玉がくわえられているのが、折からの日の光に、はっきりと見えた。――そのとき、

「残念……撃ち損じたか」

加代とお辰が、地獄の谷へ落ち込んだ辺りの、すぐ上の方で、こういっていまいましそうに舌打ちをした一人の猟師があった。身なりは立派な猟師姿だが、その鋭いひとみには、どこか一癖ありげなところが見えた。彼は小わきにかかえた猟銃に、次の弾をこめながら、

「何か落としていったようだが……さるだったかな？　鷲をねらって、さるを降らすとは、おれの腕も狂ったものだ」

こう苦笑しながら、この怪人物は、地獄谷の岸へ降りてゆき、地獄の底をのぞ

き込んだが、火口にはごうごうたる響きをたてて、黒白の煙がうず巻いているだけで、その余のものは何ひとつ見えなかった。

湖上の危機

お辰と加代が、底なしの紅蓮《ぐれん》地獄へ落ちて、その姿、黒白の煙の下に沈んだころである。

神代杉の問屋、金寅の裏手から、一隻の舟がこぎ出しやがて矢のような速さになって、一直線に湖尻《こじり》の方に向かって進んでいった。湖尻というのは、芦ノ湖の水のはけ口で、ここから小田原に流れ出る早川がはじまっているのだった。

舟の中には、宗太郎と飛介が座っていた。二人とも心配気な表情で、はるかのかなたをながめている。富士は、美しい雪肌《ゆきはだ》を、そのゆく手に見せていた。

「すると、やっぱり、お辰という女が加代どのを連れて逃げたのだな」

宗太郎は、案じげに、飛介は、すこし、むくれた顔をして、

「見ていた者がいるというんですから間違いありませんよ。大体ですね、だんな

があんなさる公を追っかけたりしているからお嬢さんがこんな目にあうんですよ。だんなが遠州屋へ行かれた時、すぐにお嬢さんを探していられたら、お嬢さんは、あんな水くぐりの女なんかに誘拐《ゆうかい》されたりしなくてすんだのですよ。ほんとに、だんなが悪いんですよ、だんなが」

「分かった、分かった。拙者の悪いのは重々あやまる。このとおりだ」

「いくら頭をさげてもらったって、お嬢さんに通じる訳のものではなし……大体、だんなはお嬢さんのことを、もうすこし思ってあげなくては、大体お嬢さんがかわいそうですよ。大体だんな――」

「もう分かった。それよりも、途中に、加代どのの舟が漂っていないか気をつけてもらいたい」

「そりゃもちろんですよ。万一にでも、お嬢さんが途中でおぼれてでもいたら、おいら、泳いでいって、まっさきに助けてやりますよ」

「お前は、それで泳げるつもりかな」

「泳げますとも」

「ほほう。片手で泳ぐというのは何流かな？　片手で泳ぐと、同じ所を、ぐるぐる回って、すこしも向こうへ進まないものだが」

「おいらのは、まいまい流だ」

飛介は、むっとして言った。なるほど、まいまいとは当意即妙の返答である。

宗太郎はおかしそうに笑って、

「まいまい流か……下手な船頭の櫓《ろ》のようだな、舟は進まず、同じところを、舟はぐるぐる……あっ」

宗太郎は思わず叫んで、太刀をつかむと、舟の中に立ち上がった。いつの間にか、彼の舟の周囲を五隻の舟が取り巻いていたのである。よほどの速度で追ってきたのであろう、そのあたりに、舟のあおりで荒い波が立っている。

五隻の舟には、箱根の雲助が五人ずつ乗り込んで、それぞれ自慢の入れ墨を全身に光らせながら、

「やい。そこへゆく関所抜け、待ちやがれ」

と、口々に叫びながら、竹槍《たけやり》を斜にかまえて、舟を近づけてくるのである。舟で姥子《うばこ》、または湖尻に出て、それから仙石原《せんごくはら》、宮城野《みやぎの》に出て、底倉、湯本とたどれば、なるほど、関所は通らずにすむ。当時は関所抜けには厳刑をもって戒めら

れてあり、それをかぎつけて密告する役目は、非公式に箱根の雲助が承っていたのだった。

「関所抜けか……なるほど」

　宗太郎は苦笑して、

「拙者らは関所を抜けて、裏道をゆく気など毛頭ござらん。ただ、急ぎの用があって、湖尻辺りまで行ってくるつもりじゃ」

「方便はよしやがれ。おれたちに見つからなかったら、おめえたちは裏街道を抜ける気だろう。さ、お関所へしょっぴいてやるから神妙にしやがれ」

　五隻の舟は、宗太郎の舟が逃げ出すことのできないまでに迫って、てんでに竹槍で、宗太郎と飛介の二人を突き倒そうと構えをそろえて、前後左右から襲った。

　そのとき、宗太郎は、一隻の舟の中に織部熊太郎、池淵弥十郎、野寺友之丞の三人が乗り合わしているのを、めざとく見つけて、

「やっ。貴公たちは」

「ふっふっふふふ、宗像氏と、箱根の山中で会おうなどとは夢にも思わなかっ

た」

織部が高らかに笑って、

「猿丸氏の娘に目じりをさげ、小島くんだりまで追っかけるとは、いやはや恐れ入った秘蔵弟子というものだ。貴公が関所抜けという大罪を犯して、この人たちに召し捕られる様子を、今日はゆるゆると見物いたそうと思って、こうして便乗してきたのじゃ、はっははははは」

宗太郎は、猿丸柳斎の塾《じゆく》では、この三人とは常に顔を合わしていたが、今は恩師の仇敵《きゆうてき》で、倶《とも》に天を戴《いただ》かざるの間柄である。

「うむ。卑怯《ひきよう》だぞ、織部。関所抜け呼ばわりは貴様の差し金であろう」

「なんとでもほえろ、やがて、貴公とそのさる人間が火刑《ひあぶり》になるのを見せてもらうまでだ」

「畜生ッ！」

飛介は、怒って金時のように真っ赤な顔になって、自分の乗っている舟を、えいっと揺すぶった。片手でも底知れぬ腕力である。舟は大きく揺れて、四方へひろがった波は、近寄ってきた五隻の舟を、それぞれ三間ばかりうしろへ退けた。

「船頭。それ、いまのうちに」

宗太郎が、船頭を督励すると、船頭も我が身がかわいいとみえて、

「だんな。そりゃ無理だ。このまま逃げたら、この我も同罪でさア」

「えいッ。よこせッ」

飛介は、船頭の手から櫓をうばいとると、右手で櫓を平らにぴたっと持ち、柄を肩にあてて、

「えいッ」

と、水をかいた。怪腕の持ち主の必死の櫓は、櫂《かい》の役目をして、ぐぐぐッ……と舟は前へ飛び出していった。つづいて飛介は、えい！　えい！　と櫓を、飛介流の櫂に動かすと、舟はたちまち矢のように水を切って走りはじめた。

が、残念ながら、片側でこぐのであるから、舟は、ぐるぐると、大きい弧を描いて、芦ノ湖のただ中を回るばかりであった。

「それッ！　殺《や》ってしまえ」

「いよいよ関所抜けの魂胆ときまったぞ」

織部たちに金で買われた二十数人の荒くれ雲助たちは、手回る宗太郎の舟を

追って、竹槍で突いたり、投げつけたりするのだった。それでも、宗太郎の舟の船頭は櫓をこごうとしなかった。よほどあとのたたりが怖いのであろう。

宗太郎は、その間に素早く着物を脱ぎすて、小刀一本だけ腰にぶち込むと、

「飛介ッ。お前も脱げ」

「えいッ」

飛介は脱ぐのは簡単である。腹に力を入れて力みさえすれば、帯はたちまちばらばらに千切れ、ひとりでに着物が脱げるのだ。

「それッ！　しばらくの辛抱だッ」

宗太郎は、飛介の右手をつかむと、そのまま湖水へ、どぶんと飛び込み、急角度に深部へもぐり込んだ。

「それ、刺し殺してしまえ」

雲助たちは、その上から、竹槍を、ざぶざぶと投げ込んだ。青い竹槍は、無数のあわを残して湖底めがけて沈んでゆく。

大うず巻きの中へ

陸《おか》へ上がった河童《かっぱ》という言葉があるが、これはその反対で、怪力で不死身を誇るさすがの飛介も水中ふかく潜りこんでは、手も足もでなかった。

「く、くるしい！　息がつまりそうだ、助けてくれッ」

思わず叫んだが、水の中ではその叫びは声にはならない。飛介は、苦しさに、湖の上へ浮き上がろうともがいたが、水練の達人で潜水の記録保持者である宗像宗太郎にしっかりつかまえられているのでは、それもできない。のみならず、宗太郎はますます深所へともぐってゆくのである。いや、深く深くもぐり込まねば、上から投げ込む雲助たちのおびただしい竹槍に刺し殺されてしまうのだ。

「ううっ……ううっ……」

飛介は、水の中で目を白黒させ、片手両足をばたばた動かして、宗太郎に引きずられてゆくよりほかに処置はなかった。

ぐんぐん沈み、もう竹槍がとどかなくなった辺りから、宗太郎は必死の力泳を試み、湖面をまるで大魚のように突き進んだ。

突き進みながら、ころ合いをみて、水上へ泳ぎ上がって振り返ると、織部一味の舟は、はるかかなたに離れて、雲助たちが血眼になって彼らをもとめている姿が見えた。

「やっ。あそこだ！　それッ」

「早くやれ」

雲助たちは、宗太郎と飛介の浮き上がった姿をみると、船頭を督励して、両人のほうへ舟を急がせはじめた。

「飛介、もう大丈夫だ、平泳ぎならやつらの舟はいくら速くても、追いつかせはしない」

宗太郎は、ほとんど半死の状態になっている飛介をはげまし、

「さ、拙者の体につかまっていろ。両手を使えば、拙者の泳ぎは海豚《いるか》以上だ」

飛介が右の片手を、宗太郎の腰の辺りにかけると、宗太郎は影左軍兵衛秘伝の「海豚泳ぎ」の術で、ぐんぐんと追っ手を引き離しはじめた。

その速いこと、宗太郎につかまっている飛介も、目を回すほどであった。四囲の山々は右に傾き、左に揺れ、峰に白雪を置いた前方の高嶺《たかね》が、水しぶきの間に

浮いたり沈んだりして隠見した。

追っ手の舟の雲助たちのガヤガヤと叫びあう声が、次第にうしろへうしろへと引き離され、舟と宗太郎の距離が相当に離れていることが振り返ってみるまでもなく勘だけではっきりと分かった。

が、宗太郎はまだ力泳をやめる訳にはいかない。追っ手は疲れることを知らない舟だし、こちらは飛介というやっかい者を引いての泳ぎである。

(できるだけ追っ手の舟との距離を多くしておかねば)宗太郎は、なおも速度をゆるめないで、必死の力泳をつづける。

間もなく湖尻《こじり》である。ここは、芦ノ湖の水が落ちて、早川となる湖水のはけ口で、ここまで来ると、湖水はかなりの流れを感じられる。

「もうしばらくの辛抱だ飛介。この流れに乗って泳げば二倍の速さだぞ。湖水の落ち口に近づいたら岸の方へ向きを変えれば大丈夫」

宗太郎は、飛介にそう言ってきかせ、湖の流れに乗って一段と泳ぎを進めていったが、そのうち、

「はて?」

と、泳ぎながらつぶやいた。

「どうも調子がおかしいぞ、水切りのぐあいがすこし妙だ。すこしも体が進まぬ
――あっ」

宗太郎は思わず驚きの声をあげた。彼らはいつの間にか、大うず巻きの中心へと引き入れられているのだ。

「しまった」

宗太郎は、さすがに顔色を変えた。芦ノ湖のはけ口の近くに、地底に通じる水路があって、そこへ吸い込まれるおびただしい量の水のために、常に大うず巻きが巻いているという話は、かねて聞いていたが、まさかこの地点だとは知らなかった。

「迂闊《うかつ》ッ」

宗太郎は舌打ちをする。うわさでは、この大うず巻きに巻き込まれ、吸い込まれたならば、いかなる水練の達人といえども助からないということである。

「飛介ッ。大うず巻きへ巻き入れられたぞ。しっかりつかまっていろ。手を離せば、お前だけ地の底へ巻き込まれてしまうぞ」

宗太郎は、大うず巻きから逃れようとして、あらゆる秘術を試みてみたが、二人の体は、大うず巻きの中心へ中心へと、ぐるぐる回りながら引き入れられてゆくばかりだった。

「うむッ！　うむッ」

宗太郎は、もう懸命である。大うず巻きを斜めに泳ぎ切ろうとして、あの手この手を使ってみたが飛介がつきまとっているので、どうにも思うようには泳ぎ切れなかった。

（一人なら）このような大うず巻きぐらい、立派に泳ぎ避けられる自信は宗太郎にはあった。が、飛介を振り離して自分一人だけ逃れるということは、宗太郎もさすがに武士、武士道のてまえそれはできなかった。

「むうッ。……むう……」

宗太郎は、渾身《こんしん》の力を四肢《しし》に送って闘ったが、ああ、ついに万事休す。二人の体は大うず巻きの中心に巻き入れられ、そのまっただなかに、まるで巨竜《きょりゅう》のように白く、空気をのみ込む大穴の柱が立っている中へ、

「ああッ……飛介ッ、離れるなッ」

「宗像のだんなッ」

二人は、たがいに叫びあった瞬間――ごうごうと雷鳴のように不気味な音をたてている大うず巻きの軸へ、木の葉のように、きりきりと舞いながら吸い込まれ没してしまった。

地底の地獄の川に通じているという、この戦慄《せんりつ》の大うず巻きに巻き込まれた二人は、それっきり浮き上がっては来ず、追跡の舟の一団も、どうやらあきらめたとみえて、近くに見えず、静まり返った湖上に動くものとしては、空をよぎる鳥の落としてゆく影ばかり……。

奇跡の再会

夢か？

うつつか？

加代は、おぼろな覚えのうちに、すがすがしい風をほおの辺りに感じて、ホッと目をさました。

（どこであろう？　ここは……？）加代は、自分の体が、おそろしい崖下《がけした》の、二坪ばかりの、すこしくぼみをもったところに仰向けになって投げ出されているのに気づいて、（どうして、わたし、このような所に寝ているのであろう？）いぶかしく、記憶のとびらを押しあけて、これまでのことを思い出そうとしたが、すぐにははっきりとした記憶はよみがえってこなかった。その間にも、しきりに激しい地鳴りと轟音《ごうおん》がきこえてきて、時折黒と白の噴煙が下の方から入道雲のようにわき上がって、ずっと崖の上に丸くひろがっている青空を覆いかくし、そのたびごとに、加代の寝ている辺りが光をさえぎられてうす暗く、まるでたそがれが不意に訪れてきたような、妙な気持ちにおそわれるのだった。

加代は、そういう恐ろしい光景を、うつろのひとみの中に、二、三度仰ぎみているうちに、ようやく、これまでの経路を思いおこすことができたのである。

「あ。そうそう。わたしは、お辰という潜水の女に連れられて、箱根の地獄谷の岸を通ろうとし、何か激しい鉄砲のような物音におどろいて、足をすべらせ、地獄の中へ落ちたのだったたっけ」

それが幾時間前の出来事であったのかは、加代にははっきりと分からなかったが、お辰と一緒に噴煙の地獄谷の底へすべり落ちたことだけはたしかに覚えている。

「あ、すると、わたしはあのとき死んで、地獄へ送られてきたのかしら？」

それにしても、自分の意識のどこかに、まだ現実の世につながる何ものかが感じられてならない。噴き上げる煙も、話や絵に見ききして知っている地獄変相図のそれと、すこし様子が違っているようであるし、こうして呼吸をしている自分の体の調子にも、亡者となって地獄へ落ちたものにしては、すこし呼吸にいきいきしたものを感じすぎる。

「それでは、わたしは、箱根の地獄の底で助かったのかしら？　紅蓮《ぐれん》の炎の地獄の中へ落ち込まないで、途中で引っかかってたすかったのかもしれない……あ、きっと、そうにちがいない」

加代が、ようやく、自分が地獄谷の途中で引っかかって助かったものであることを悟って、体を起こそうとした時であった。

キキキ……キキキ……と、どこかで聞いたような声を耳元に覚え、それと同時に、自分の頭の髪をしきりになでるもののあることに気がついた。

「ああ、さる！」

加代は、自分の頭を、しきりになでるものが、一匹のさるであることに気づくと、急いで体を起こし、心もち身構えるようにし、さるへむき直った。そこには、かつて箱根の宿で、縛られた加代の番をしていた、あの赤面と呼ぶさるがちょこなんと座って、起き上がった加代の姿をみると、いかにも悲しそうに、キキキ、キキキ、と何か手まねをしながら、噴煙の地獄の底をゆびさし示し、顔に手をあててしきりに泣くまねをしている姿があった。

「おお、お前は、あのさる回しのさる……赤面とか言いましたね」

加代は、前夜遠州屋で、この赤面が縛られている加代をいいことにして、自分の乳房をもりもりもんだあのいやらしいさるであることを打ち忘れて、いかにも懐かしそうに、さるへ言葉をかけた。この恐ろしい噴煙の中で、生きているものとては、自分とこのさるの二人きりと思えば、心のどこかに、このような畜生といえども頼りに思われ、すがる気持ちになるものがあったのであろう。

それにしても、このさるは、あの宿屋から、どうしてここまで来たのであろう？　加代にはそれが疑問であった。見上げたところ、地獄谷の岸は、ここからは見とどけることのできない、けわしい断崖《だんがい》の上にあった。いかにさるといえども、あの地獄谷の岸から伝って降りることは不可能である。

「ね。お前は、どうしてここへ来たのかえ？　わたしが、ここへ落ちていることを、どうして知ったの？」

加代は、まるで、相手が人間の言葉の分かる相手ででもあるかのようにせき込んで尋ねた。加代は知らないのである。この赤面というさる、あの一本杉《いっぽんすぎ》のこずえから大鷲《おおわし》のためにさらわれ、そのうえ飛翔《ひしょう》中に狩人《かりゅうど》に鉄砲を撃たれて大鷲がおどろいて、このさるを下へ落としたことを……さるは地獄の岸に、いったんは体を打ちつけたが、そのままもんどり打って、ちょうど、加代が引っかかっている所へ都合よく落ち、最前から、しきりに加代を介抱していたことを……。

そこでさるはキキキ……キキキ……と叫んで、加代のその問いに答え、しきりに上の方をゆびさし、あの天空から自分が落ちてきたことを説明する意の身振りをし、それから、すこし離れた所に落ちている、月形の黄楊《つげ》の櫛《くし》をひろってき、キキキ……キキキ……と、その櫛の持ち主がこの地獄の底へ落ち込んだことを悲しむ風をしてみせた。

「まあ……これ」

加代は、その櫛を受け取ると驚きの声をあげた。

「お辰姉さんの櫛ではありませんか。まあ、どうしましょう、お辰姉さんが、地獄の底へ――お辰姉さん！」

加代は胸せまり、思わず噴煙の吹き上げている地獄谷の底に向かって呼んだ。が、答えるものはお辰の声ではなく、加代の声のこだまだけだった。

「お辰姉さん……お辰姉さん……」

何度さけんでみても、お辰の返事はもどってこない。お辰は加代とともに地獄谷の岸をすべり落ちたとき、ついに途中で引っかかることなしに、永遠の紅蓮地獄へ落ち込んでしまったのであろう。

加代は、静かに両手をあわせ、合掌をした。お辰の冥福《めいふく》を祈るために……。

思えば運命というものは皮肉であった。地獄谷の岸で、加代の乳房から、秘密の文字を盗みとったうえで、ひそかに加代を地獄の中へ突き落とそうと計ったお辰が、永遠に帰らぬ紅蓮地獄に葬られ、殺されようとした加代が奇跡的にも九死に一生を得て、わずかのくぼ地に生命を全うしているとは。

「お気の毒に……お辰姉さん、かんにんしてくださいまし」

加代はまぶたをうるませながらつぶやくように言った。

さるも恋す

（助かったのだ）

そうはっきりと、今の己を意識すると、加代は、（なんとかして、この地獄の中から逃れたい）と、あせらずにはいられなかった。加代は地獄の岸へよじのぼるべき足掛かりを探した。が、絶壁の地獄谷の頭上は、足がかりどころか、つめ一つかけることもできないほどの立壁になっていて、そのうえ硫黄の黄色い花が、まるで、断崖へ化粧壁を施したように塗りこめられ、それが噴煙の切れ間、切れ間に、折々さし込む日の光に、まるで黄金のようにきらきら光って、まぶしいくらいで、とうていこれはよじ登れる見込みはなかった。

（どうしよう）加代は、ねこの額ほどの、わずかばかりのくぼ地に立って、しんじつ心細い気持ちに襲われながら、（このまま、いつまでもこの崖《がけ》をのぼることができなかったら、それこそ、ほんとに死んでしまうわ）そういう不安におののくうちにも、地獄谷の底から噴き上げてくる妖雲《よううん》は、噴火口いっぱいにむくむくとひろがって、上へ上へと押し上がってゆくのである。時々、地の底に、狼《おおかみ》の舌のような、真紅の炎が、ぺろりぺろりと不気味にひらめくのが、加代をこの上もなく心ぼそいものに陥れるのであった。

（ああ、本当に死ぬ……このままでいたら、わたしこの煙の毒気に当たって、やがてお辰姉さんのあとを追うことになるのにちがいない）

加代は悲しさに、ぽろぽろと泣いた。泣きながら、かなわぬまでも、なんとかしてのがれ出たいものだと、なおも絶壁の上を見上げ、手掛かり足掛かりを探した。が、それは、探してみるだけむだであった。

そのうち、加代は不思議な現象が、この噴火口の中にくり返されていることに気がついた。それは、噴き上げてくる煙が、不思議にも加代のいる所だけは避けて、上へ上へとのぼってゆくという事であった。まるで巨大なうちわであおぎ返されてでもいるかのように、加代の体だけ煙はあとずさりして避けてゆくのである。それは噴煙に、ある意識的なものがあって、加代のからだをわざわざ避けているかのように思われるのであった。（不思議……どうして、ここだけ煙が来ないのであろう）加代は、あまりの不思議さに、思わず自分の立っている背後の方を見回した。すると。これはなんとしたことであろう。加代の立っているうしろは、深い深い洞窟《どうくつ》になっていて、奥は暗く――その暗い奥から、しきりに清新な、若芽の香りをまじえた空気が、巨大なふいごか何かで送られているかのように、絶え間なく吹き込んできていることが分かったのである。

（ああ、この奥はどこかへ抜けているのにちがいない。抜けているから、このように新しい風が吹いてくるのだわ）加代は、瞬間そう悟ると、急にある希望をつなぐことができた。これをたどってゆけば、あるいはふたたび地上界に出ることができるかもしれない――そう思うと、元気が出た。万一この洞窟へ探り入って、途中で大蛇《だいじゃ》や化け蜘蛛《ぐも》の類に出会って食い殺されようとも、このままにいて硫黄の煙にあてられて死ぬよりはましだと――加代はそういう決心を、とっさのうちに決めると、

「赤面さん。わたし一人では心ぼそいわ、どうぞ、そなたも一緒に、この洞窟の中へ入ってちょうだいね」

横におとなしく立っているさるに道連れを頼むと、さるはその意を悟ったとみえて、キキキ……キキキ……と叫んで、いきなり加代の手を握り、洞窟の中へ加代をみちびいていった。

洞窟の奥から吹いてくる風は、地獄の底から噴き上げてくる硫黄をふくんだ、熱気を帯びた風に比べて、なんというすがすがしい香りにみちていることであろう。このすがすがしい風こそ、さっき加代を蘇生《そせい》させてくれた生命の風だったのである。地獄の途中に落ちて気を失っていながら、奇跡的にもたすかったのは、この新しい風が絶えず加代の体へ吹いて守っていてくれたからである。

加代は、ますますさわやかに吹いてくる風上にむかって、まるで救いの神のみもとへひかれてゆくように、足元に気をつけながら、くらい中を手さぐりにすすんだ。さるの赤面は、こういう暗い中でも、よく目がきくとみえて、加代の手をひきながら、つまずくこともなく上手にあるき、時々、手を引いている加代の手を、きゅっきゅっと握りしめ、そのたびごとに、キャッ、キャッと叫んだ。加代はさるに手を握りしめられるごとに、

（いやらしいさる）と、思った。畜生の分際で、人間の手をきゅっきゅっ握りし

めて、うれしそうな奇声を発するなんて、ずいぶんと失礼なやつ――と、加代はさるに対して、すこし腹立たしいものを覚えないでもなかった。が、いまここでさるをしかれば、さるは自分をみちびいてはくれまい。このような奥の知れない洞窟の中で手放しされたら、それこそ宇宙の闇《やみ》に迷わなくてはならないのだ。それを思えば、すこしぐらい手を握りしめられたからといって、しかりつける訳にはいかない。

さるは、加代の、そのような思案のほどを知ってか知らずにか、加代がだまって手を握られているのをよいことにし、ますます手を握りしめる回数を多くし、キャッ、キキキ……と怪しい声で喜ぶ。

（いやらしいさる……遠州屋でも、わたしの乳房をもんだし、ほんとにいけ好かないさる）加代は乙女らしく、むかむかする。が、さるをしかれない。万一、この洞窟内に何かの異変があった場合、このさるが唯一の頼みの綱だったから――

洞窟内は人間の背丈よりも高く、足元が妙につるつるしてすべり、ここでも、あのうで玉子のにおいのような硫黄の香が時折鼻をつく。

と、前方にぱっと一点のあかりが見え、見えたかと思うと、それがかなりの速さで、こちらに向かって近づいてきた。

「ああ、あかり！」

加代は思わずさけんだ。このような奥の知れない洞窟の中で灯を見ることは、たしかに頼もしいことにちがいなかった。と同時に、加代には一抹《いちまつ》の不安も感じられないでもなかった。

「なんの灯であろう」

すすむのを、すこしたちどまって、加代はその灯の正体をたしかめようとひとみを闇の中にすえた。さるも、灯をみて、さすがに恐れ、加代をかばうようにし、近づくあかりを見守った。

やがて、どんどん近づいてきた灯は、一人の人間のかざしている松明《たいまつ》であることが分かった。身軽ないでたちに、腰には数十丈の綱を巻きつけ、肩へ革ひものついた箱をかけているその男は、前方に一人の女とさるが、抱き合うようにして立っているのを見ると、驚いたように、

「だれだ」

と、声をかけた。加代は恐ろしさのために返辞を忘れてふるえていると、松明

の男はさらに、

「お前たちは、どこから来たのだ」

「はい。地獄谷の中からまいりました」

「なに、地獄谷の中から？」

男はあきれたような表情を松明の光の中にみせて、

「地獄谷の中から生きものがやってきたということは、昔から聞いたことはないが」

「地獄谷の岸からすべり落ち、途中のくぼ地で助かったのでございます」

「なるほど」

松明の男は、やっと分かったらしく、不審の表情を解いて、

「運のよいことだったたな。昔から地獄谷へ落ちて助かった者は一人もないのだからな。それにしても、この隧道《すいどう》をたどれば、外へ出られるということを、よく知っていたな」

松明の男は、隧道の秘密を知られたのを怪しむように尋ねた。

「いいえ。なにも存じませんが、落ちた辺りに洞穴《ほらあな》があいておりますので、ただ訳

もなくたどったまででございます」

「何も知らずに、やってきたというのだな」

「はい」

「そうか。それならおれが外へ案内してやろう。ついてくるがよい」

松明の男は、くるりと体を翻すと、加代の方へ松明の火をかざしながら、慣れた足どりでどんどん引き返しはじめた。そして、あるきながら、

「この横穴は、大昔あの地獄の火が噴き出していた噴火口なのだ。この横穴のあるのを知っている者は、いまは、そう沢山はいない。おれたちの仲間くらいのものであろう。おれは、この横穴から、あの地獄谷へ行って、地獄の底から硫黄のかたまりを採ってきて、それを薬にしている者だ」

そんなことを言い言いしているうちに、横穴は終わって、さっと、まばゆいばかりの太陽の光の差す、若芽の山々が目の前に開けた。

（ああ、救われた）さすがに、加代はほっとして、新しい日の光の中の空気を胸いっぱいに呼吸した。さるの赤面も、加代のうれしそうな様子をみると、自分も加代をまねて、深呼吸をし、キキキと喜びの声をあげた。

木の芽の山また山がどこまでも続き、はるかの脚下に白い帯のように流れているのは、早川なのであろう、それは、まるで絵でも見ているように、美しいながめであった。

男はいつか松明の火を消して片手に持っていた。四、五町ほそい山道をたどると、

「さ、これに乗るがよろしい」

一条の綱を深い谷底へななめに掛け、そこに大きな空中籠《かご》がつられてあるのへ、男はあごをしゃくって言った。

「あのう、どこへ行くのでございましょう」

加代は空中籠に乗るのを、すこしためらいながら、不安げに尋ねた。

「おれたちの村へお連れしようと思って」

「村？」と加代は不審そうに、

「このような所に、人の住む村があるのでございますか」

「だれにも知られていない村、おれたちは地獄村と呼んでいる」

「地獄村？　まあ、恐ろしい」

「名前は地獄村でも、本当は極楽村だ。さ、早く乗るがよい」

加代は不安に、まだしり込みしていると、男はいきなりうしろから加代の体を抱き上げ、あっと叫ぶひまもなく加代を空中籠の中へ投げ込み、自分も素早く飛び乗って、籠をつなぎとめているひもを解いた。ひもを解かれた空中籠は、カラカラカラと滑車の音を春山の谷々にひびかせ、矢のような速さで、谷間の地獄村へ急降下した。

キキキ……取り残されたさるは、加代をしたって、赤い顔をふりたて、白い歯をむき出し、じだんだふんで悔しがったが、すぐにさる知恵を働かして、空中籠の綱を伝って、これも谷間へ軽業師のように降りていった。

地獄景兵衛《じごくけいべえ》

松明《たいまつ》の男が言った地獄村というのは、地図にも記載されていなければ、もちろん、この箱根の地の理にくわしい者にも分かっていない、一つの秘密境であった。

村の戸数は全部で二十五軒あって、家は相当に古いところからみると、これはよほど以前からある部落なのにちがいない。高い箱根の山々が四囲をとりかこみ、四六時中、霧が部落の上にたちこめているので、上からは決して発見されないのである。

村のまわりには奇岩が屏風《びょうぶ》のように立ってい、家と家の通路は不思議にも、うねうねしていて、知らない者が村へ足を踏み入れようものなら、たちまち迷子となってしまうという、なにさま不思議な造りの部落であった。

この部落民は、いずれも武士の流れをくむものらしく、その言葉づかいの端々に、どこかそういった名残をとどめていて、立ち居振る舞いにも、このような山奥に住む人たちに見られない、ある厳しいものをもっている。

部落の長《おさ》の名を、地獄景兵衛《じごくけいべえ》と呼んだ。もちろん、こういう呼び名は本当のものではないのであろう。年はもう五十五、六というところ、鬢髪《びんぱつ》に白いものをまじえ、見るからに威厳のありそうな風格をそなえている。

「うむ。それは惜しいことをしたものじゃ。折角入手した黄金の割り呪文《じゅもん》を、さるとともに大鷲《おおわし》のためにさらわれてしまったのは、返すがえすも残念じゃが……

しかし、要は、その割り呪文の文字さえ覚えておれば、黄金の玉など、どうなってもよいという訳だ」

地獄景兵衛は、そう言って、彼の前に座って、何か報告している一人の男へ、

「して、その黄金の玉に刻まれていた、割り呪文の文字とは？」

と尋ねた。

よく見ると、地獄景兵衛の前に座っている男は、例のさる回しであった。さる回しは、いかにも面目なさそうな顔をしながら、

「黄金の玉に刻まれてあった、割り文字は八つの猪《いのしし》の子が上目をむいてなんとかしたという文句です」

「八つの猪の子……？　どうも頼りないな」

「面目ありません。あの玉があの夜とられると思わなかったものですから、ついはっきり覚えておくのを怠りまして」

「覚えがないとは困ったことじゃ」

「八つの猪の子があって、それが上目を遣うというなぞでも解けば……」

「いやいや。そのような簡単なものではなかろう。これは、やはりそなたが、

さっき言った、猿丸殿の息女の乳房に隠し彫りにされた入れ墨の文字を探し出すよりほかに手段はあるまい」

「それにしても、あのお辰という女は不届きなやつです。やつは黄金の玉の割り文字を見ているので、万が一にも、あの加代という娘の乳房の隠し彫りを、すっかり読み下したとすれば、これはゆゆしき一大事です」

「うむ。その点すこし不安心じゃのう。そなたも、芝増上寺門前に永らく住んで、猿丸家の秘密書を探ろうとしてから、今年で五年、ようやく猿丸家の秘密をさぐり、黄金の玉と娘の乳房を得ながら、もうすこしのところで長蛇《ちょうだ》を逸したのは惜しいことじゃが……しかし、黄金の玉の割り文字を見ただけでも大手柄というものじゃ」

「失念してしまった今となっては、今までの努力も水のあわ……まったく申し訳ありません」

「ま、ま、そう気をくさらせることはあるまい。あとは猿丸家の娘加代なるものを探し出し、その乳房から、あとの半分の文字を探り取って判読すれば、我らの先祖、小幡《おばた》礼九郎殿はじめ一党の方々の苦心も、やがて報いられることであろう」

この両人の会話によって、賢明なる読者諸兄姉には、ハッと思い当たることがあるのにちがいない。

地獄景兵衛とは世をしのぶ仮の名で、まことは小幡景兵衛なのである。先祖小幡礼九郎といえば、かつて二百年前に、高崎城外大信寺において、兄家光へ恨みの数々を残して切腹し果てた駿河大納言のために、柳営に対して一戦を交えようとし、駿河城内のおびただしい軍用金を運んで、高崎城近くまでやってきた、あのときの旗頭の名が、それである。

あれから、小幡礼九郎の一党は、運んできた黄金を僧月海に渡すと、悲憤の涙をしぼって箱根の山中に隠れ、徳川の治世の世話にはならぬと、いさぎよく自活の道を開いたが、翌年、僧月海が例の黄金をひそかにどこかへ隠し、猫背山中へ入寂したことを知るや、それとなく黄金隠匿場所をさがす一方、御落胤《ごらくいん》松之助君の動向に監視の目をそそぎ——こうして、二百年の今日まで代々に伝えられてきた、黄金への執着だった。

このさる回しも、もちろん小幡礼九郎一党の子孫の中の一人であったことは、いうまでもない。

「お知らせは、このような次第ですが、わたしはこれから、猿丸加代ならびに、あの赤面めをさがしもとめてまいります」

　さる回しは、こうしている間にも、大切な呪文の玉を持ったさるや、猿丸加代がどこかへ行ってしまいはしないかと案じるように、もう腰を浮かすと、地獄景兵衛は、

「ご苦労だが、それでは、今ひときばりして、両方の呪文を探り出してもらおうか」

「それでは……必ず、数日のうちに」

「期待している」

「ごめん」

　さる回しが、部屋を出ようとすると、出会い頭に、部落の者が一人駆けこんできて、景兵衛へ、

「お知らせします」

「なんじゃ」

「いま、井元源兵衛が、不思議な人を連れてきました」

「不思議な人?」

「一人は武士。一人はせむしで片腕のない、子供のような、大人のような、えたいの知れない人物です」

「ほう。どこで発見したのだ」

「芦ノ湖の落ち口の——俗にいう竜《りゅう》のはけ口の所に、人事不省になって浮き上がっているのを発見し、救いあげて手当を加えますと、息だけは吹き返したので、通りがかりの吉兵衛と二人で背負ってきたのだそうです」

「武士とせむし?」

さる回しは、注進の男の言葉に、何か思い当たる節でもあるとみえて、

「もしかしたら、それは宗像宗太郎と、陣場屋敷の鉄拐飛介かもしれません」

相寄る呪文《じゅもん》

地獄村の井元源兵衛の家へ連れ込まれ、手あつい看護をうけて一室に伏せって

いるのは、さる回しの言ったとおり、宗像宗太郎と飛介の二人だった。

二人は、まだおぼろな意識の中に、目を覚ましたり眠りに落ちたりしているのだった。宗太郎は大うず巻きの中心へ木の葉のように巻き込まれ、地底へすさまじい勢いで吸い込まれたまでは覚えていたが、それからあとは、何もかも分からなかった。

気がついた時には、二人は早川の上流近くの岸に、一人の狩人《かりゆうど》によって助けられていたのであった。

「ご気分は、いかがですか」

ぼんやりと天井を見上げている宗太郎のまくらもとへ、井元源兵衛がやってきて、優しい声をかけた。それは、地獄谷の上空を飛ぶ大鷲《おおわし》にむかって、鉄砲を放った、あのときの狩人だった。

「おかげで、気分もかなり爽快《そうかい》になってきました」

宗太郎は、仰向けになったまま、感謝の目礼を返した。

「それはよかった。あなたがたは、芦ノ湖の魔のうず巻きに巻き込まれたのでしょう」

「そうです。不覚にも、あのような所に、うわさのうず巻きがあるとは知らず」

「昔から、あの大うず巻きに巻かれて、助かったためしはないのです。あなたがたは、よほど運のよい方ですよ」

井元源兵衛は、そう言って、

「今日は不思議な日です。わたしが、あなたがた二人を、あの竜のはけ口の所でお助けするし、この部落の筧《かけい》十兵衛が、地獄谷の横穴から、美しい娘とさるを見つけて助けるし……どうも不思議ばかり続きます」

「えっ。娘とさる?」

「ほう。お心当たりでもおありですかな? その娘さんとさるについて——」

「もしや、その娘の名は——猿丸加代と言われなかったのでしょうか」

「いや。名前のことは、まだきいてはいないが……いま、言われました、その猿丸とかいわれる娘は、この辺りにいられるので」

井元源兵衛の目は、一瞬異様に光った。この部落に住む者なら、だれによらず、猿丸と呼ぶ姓は興味の持てる姓にちがいなかったからである。

「この辺りに来ているかどうかは分からぬが、さると一緒とあれば……それとも、潜水のお辰かな……年のころは？」

「十八、九という話です」

「やはり猿丸加代どのにちがいない。して、その娘は、どこにいられる」

　宗太郎は起き上がろうとしたが、体の痛みのために、自由がきかなかった。

「猿丸……たしかに、猿丸加代という娘ですね。その娘さんは？」

　井元源兵衛は、宗太郎へそう念を押しておいて、

「お気掛かりのようでしたら、わたしがきいてきましょう。無理をなさってはいけません。待っていなさるがよい」

　何かあわただしい足取りで、井元源兵衛はそこを出ていったが、表へ飛び出したところで、さっきのさる回しに危うく突き当たろうとし、

「おお、井元氏、話によれば人を二人たすけたそうじゃが、もしかしたらその二人は、宗像宗太郎に鉄拐飛介とは言わなかったか」

　さる回しから口早に、そうきかれて、井元源兵衛は、

「男の名前は、まだきいていない。が、それよりも、大変なものが部落へ舞い込んでいるらしいぞ」

「なに……大変なものとは？」

「猿丸家の息女、加代どのだ」

「えっ。猿丸加代が？」

「さると一緒に地獄谷の横穴にいるところを、筧十兵衛が助けてきているのだ」

「さるも一緒か？」

「さるのことは知らぬが、娘はどうやら猿丸加代にちがいないらしいのだ」

「ありがたいッ……それが本当で、さるも一緒なら、おいッ！　黄金の秘密は解けるぞ！」

　さる回しは、もう黄金の隠匿場所が分かったかのように、躍り上がらんばかりにして喜んだ。

白い追憶

　白い肉体を、すきとおる温泉の中に沈めながら、わずか数日の間ではあるが、江戸を立って以来の、すぎこしかたを振りかえり、思い出の数々を、あれこれと追想していると、加代は、ジインとまぶたの奥に、熱いものを覚えないではいられなかった。

チンチロ　チチロ……

チチロ　チロロ……

岩の裂け目からほとばしり出る熱い泉を、竹の樋《とい》で導いて、湯壺《ゆつぼ》の中へ落としてある、この自然の岩ぶろは、加代の、白い追憶にふけるのにふさわしい、いかにも浮き世ばなれのした、俗気のかけらも感じさせない素朴《そぼく》な風情を見せ、湯壺へ落ちる湯の音も、なにかしらわびしく、そして切ない響きを覚えさせる。

（お辰さんも、今はこの世にない）

加代には、自分に、いやらしくいどんだ、あの潜水の女、お辰の妖艶《ようえん》な姿が、今となっては、なんとなく懐かしいものに思えるのだった。

（宗太郎様に会わせてあげるといって、お辰さんは、わたしを地獄谷まで連れてきた。そして、わたしが何かの物音にびっくりして地獄へ足をすべらせ、お辰さんを巻きぞえにして、二人もろとも地獄へ落ちてしまった……今となって考えてみると、お辰さんを死の谷へ落としたのは、わたしだったのだ）

加代は、こうして生きて、こころよい天然の岩ぶろに入っている自分の身が、お辰の不幸に比べて幸福に思われてならない。運命は、かよわい白芙蓉《しろふよう》の花のような加代の身の上に、あまりに激しいあらしを吹きつけ続けてきた。が、地獄へ落ちたお辰のことを思えば、そのようなあらしの数日の悲しみなど加代にとっては物の数ではなかった。

(生きていることは、なんという幸せなことであろう)

加代には、その日その日に生きていられるということが幸福に思えるのだった。たとい昨日までは不幸であっても今日このひとときが幸せなら、人間はそこに幸福を思わなくてはならない。加代は、そういう考えかたに生きていかれる幸福な女であった。明日の日に……いや、一刻《いっとき》のちに、また、あらしの不幸が見舞ってこようとも、現在が幸せなら、やはり、自分は幸せな人間だ、と、思わなくてはならない、というのが、加代の物の考えかたなのである。

粗末な板と丸木でかこいを組みたてられてある、この岩の温泉に、ひとり、こうして温泉の精のように白い体を沈めている自分を、加代はしんじつうれしく思い、

（こんな山奥の、霧の下の部落で一生を送る人生って、なんという美しいものであろう。できることなら、わたしも、こんな所で一生を送りたい）

加代は、世知辛い江戸のことを思うと、俗塵《ぞくじん》をはるかに越えた、このような山奥の部落に住む者の幸せを、うらやましく思うのだった。できることなら、じぶんも、このようなすがすがしい山気のあふれている世界で一生を送りたい。

（そして、宗太郎様と一緒なら、わたし、ここで一年くらい暮らしただけで死んだって本望というもの）

つい本音を吐くのだった。が、宗太郎は、あれ以来どうなったことか。芦ノ湖の底へ深くもぐってから以来は、加代は恋しい宗太郎の姿を見ていないのだ。お辰は、何か二言めには、宗太郎様に会わしましょう、と言ってくれたが、今となると、それも本当だかどうか……加代は、すこし不安になってきて、

（もしも、宗太郎様に、万一のことがあったのだとしたら、わたしどうしよう）

月海老人の残していった、おびただしいあの黄金は、そのまま永久に闇《やみ》に埋められたままとなるか、それとも、悪旗本の織部たちによって掘り出されて、悪いことに使われてしまうか。

（そのようなことにでもなったら、ご先祖の駿河大納言様に申し訳はない）

加代は乙女らしい空想と杞憂《きゆう》を、次々と走馬燈《そうまとう》のようにくりひろげていると、ことり……浴場の外で、何かの物音がきこえた。

「あ……？」

加代は、本能的に、二つの乳房へ、手ぬぐいを押しあて、あわてて湯の中へ首を沈めると、入り口のひらき戸がすっとあいて、キキキ、鳴き声とともに、赤面がとび込んできた。

「あ、お前」

加代は、はいってきたさるの非礼をとがめようとし、ふと赤面のかかえているものに気づくと、

「どうしたのお前、そんなものを抱えて」

不審そうにたずねた。さるの赤面は、加代の衣類を一まとめにして抱え、手甲《てっこう》脚絆《きゃはん》から、わらじまで添えているのだ。

「キキキ、キキ……キキキ」

さるはしきりに手をふり、白い歯をむき出して、何か訴える様子だった。

「どうしたというの？　わたしの着物を、こんな所へ持ちこんだりして？」

「キキ……キキキ」

さるは、なにごとか懸命になって、早く上がってこれを着ろという手振りを示すのである。おかしなさる、どうして、そんなお節介をするの……と、加代はあきれながら美しくにらむのだが、さるは、ただ一心に、早く上がって、これを着なさいと手振り足踏みをするばかり。加代は、そのただならぬ様子に何事か、ハッとするものを感じないではいられなかった。

さっき、自分を地獄の横穴から救い出してくれた、あの硫黄採りの筧《かけい》十兵衛という男が、疲れただろうから、お湯に入りなさいといって、親切に自分をここへ案内してくれたが、もしや、それになにかのたくらみがあったのではなかろうか？　加代は、そこへ気がつくと先夜の、箱根の宿のふろ場で、お辰がいきなりはいってきて、自分の乳房を調べたことが思い出され、

（ここにも、そのようなたくらみがあるのではなかろうか？　それをこの赤面が気づいて……？）

そう思うと、加代は湯から飛んで上がりたい衝動にかられた。が、畜生とはい

え、人間の姿に似たさるが目の前にいては、さすがに湯から上がることはできなかった。

「赤面さん、あちらへ行って……お前がいては……」

加代は湯の中に体を沈めたまま、白い手を振ってさるを追うと、さるはキキキとまだ、せきたてるように叫び、それでも着物を、そこの棚《たな》の上におくと、赤いしりをふりふり外へ出ていった。加代は、いそいで、あでやかな美しい体を湯から浮かした。

非常の法螺《ほら》

「やっぱり、あの女にちがいない」

「して、乳房に、秘密の入れ墨があったか」

「板のすき間からのぞいてみたので、文字はハッキリわからなかったが、おしろいぼりの文字らしいのが浮き上がっていたのだけは、たしかだった」

奥の部屋で話をしているのは、例のさる回しと、硫黄採りの男、筧十兵衛の二人である。

　さる回しは、舌なめずりを、ぺろりと一つすると、

「これから、湯の中へ押しかけていって、有無をいわさず、押さえて、女の乳房をのぞいてみることにしては」

「それはならん」

　十兵衛は、手を振って、

「われわれに、そのような非礼をあえておかす権利はない」

「権利ではない。これは、わが地獄部落の重大な問題を解決するかぎを拒むことだ。なにも遠慮するに当たらない」

「女子の入浴中のところへ、われわれがとび込んでゆくのは非礼すぎる。乳房に入れ墨のあることがたしかに分かっておれば、加代どのが湯から上がってから、ことをわけて話し、承諾を得て見せてもらうのが道だと思う」

「拒んだら」

「拒んだら、さらに頼みを入れて、承知するまで礼をとればよい」

「手ぬるい。そんなことをして、あのお辰に先を越されたら大変だ」

さる回しは、お辰が地獄谷へ落ちて死んでしまったことを知らないのである。

「なにしろ、あのお辰という潜水の女は、黄金の玉に刻まれた文字を知っているうえに、箱根の宿であの娘の乳房の秘密の隠し彫りも盗み見ているのだからな」

「おぬしが、黄金の玉に刻まれた文字を忘れているくらいだから、そのお辰も覚えているかどうか怪しいものだ。それに、玉と乳房の文字を完全につかんでいても、はたして黄金埋蔵の秘密を解決できるかどうか、それも怪しいものだ。そう簡単には分かるようなことではあるまいから」

「とにかく、あの娘の乳房呪文《じゅもん》をつかむことが、先決問題だ——それにしても、あの娘、湯から上がってくるのが遅いな」

さる回しは、そう言って、立ち上がると温泉の中の様子を見に行ったが、すぐにあわただしくもどってきて、

「大変だ」

「どうした」

「いない」

「いない？」

「着物がない。それにわらじまでない。逃げたのにちがいない」

「気づいたのかな」

筧十兵衛もあわてて立ち上がり、その辺りを探したが、加代の姿はどこにも見当たらなかった。

「こりゃいかん。すぐに非常の法螺《ほら》を」

「そうだ！」

さる回しは、部落を一望に見おろせる高い岩の上へ駆け上がると、そこに、小さな屋根をもった堂の中につりさげられてある尺余の大法螺貝をとり外し、太い息をこめてそれを吹いた。法螺の音は不気味にひびいて、谷々へひろがっていった。

部落の中は一時に騒がしくなった。この非常の法螺貝は何年に一度も聞くか聞かないかの、よほどの重大なことが起こらない限り鳴らさないものだった。

「なんだ、なんだ」

「何事が起きたのか」

騒ぎ出した部落の人たちは、やがて、大事な娘が逃げ出し、それを捕らえるための非常の知らせだと聞いて、それぞれの受け持ちの出口へ走っていった。

この騒ぎは、当然、井元源兵衛の家に助けられていた宗像宗太郎にも伝わって、

「なに娘……加代どのにちがいない」

宗太郎は、体の痛みを忘れて、手早く衣服をかためると、

「飛介。加代どのが追われている。われわれもここを出なくては」

「どうしてお嬢さんが、こんな所へ来られたので」

飛介は、とろんとした目をして寝ていたが、不審そうに首を振るのへ、宗太郎は、

「そんなことは知らない。が、とにかく逃げ出したところを追われているらしいのだ。早く支度をしろ」

「支度といっても、持ち物は一つもない」

「旅立ちするのとは違う。そのままでよいから、早く足固めをするのだ」

「おれは山の中は慣れているから、はだしでも平気だ」

「便利な足だな。さ、裏手から抜けて出よう。われわれをたすけてくださった井

元氏という御仁には相すまぬが」

　宗太郎は、不死身の飛介をせきたてると、まだ十分に回復していない疲労のまま、裏手からあわただしく飛び出していった。

さるいやらしい

　加代は、雑木の枝をかきわけ、茨《いばら》の棘《とげ》に足もとを気づかいながら懸命に、道のない山中を息を切って走った。ひくい木の枝が、ともすれば加代の髪をひっかけ、足もとの茨が脚絆《きゃはん》を破る。しかし、加代は懸命である。

（つかまっては……捕まれば、あの地獄部落の人たちが、わたしの体を調べるのにちがいない。あの人たちは、わたしの体をねらっている）

　さるの赤面に、お湯から早く上がれと知らされ、いそいで着物をつけた加代は、しかしそれでも一応は念をいれる必要を感じたので、奥の部屋の次の間まで行ったが、そこで聞いた、あのさる回しと筧十兵衛の問答。

　――女の乳房を調べよう。

――調べるのはよいが、よく話して承諾をうけてから。

――手ぬるい。うむを言わさず、押さえて乳房を見れば勝負は早い。

そういった押し問答だった。なんという失礼な相談をしているのであろう――と、加代は、自分の顔が急に熱くなり、血がのぼって赤くなるのを感じ、加代は思わずそこを駆け出してしまったのだった。

(あの人たちは、わたしの乳房から、何かの秘密を探ろうとしている。いつか興津川の土手で、あのさる回しが、わたしの乳房のあたりをひらいてもんだ。折よく宗太郎様が通りかかって、わたしを助けてくださったけれど……)

加代は、道なき山中を逃げながら、いまの自分の体について、不思議な感情を抱くのである。

(さる回しも、わたしの乳房について特別の何かを抱いている。地獄谷へ落ちていったお辰さんもわたしの乳房にばかり執心した。わたしの乳房に、何かがあるのであろうか?)

加代は、走りながら、そっと胸の辺りを手で押してみる。胸には新しい鞠《まり》のように、よく弾む二つの隆起物が無事息災に躍っている。

（あの二人の話によれば、わたしの乳房に何かの秘密があって、それが、駿河大納言様がお残しになった莫大《ばくだい》な黄金と密接なかかわりがあるのらしい様子だった。それなら、わたしのこの胸の二つの玉は数万両以上の大事な玉ということになる）

加代は、なんだか、自分の乳房が空おそろしくさえなってきた。だれもかれもが、自分一人の乳房だけうかがって、自分を追っかけているように思えてならない。

（よく話に聞くのには、世の中の男というものは、女に対して、女の体を求めたくていろいろと言いよるのだというが……しかし、わたしの場合は、女の体なぞというものではなく、わたしの乳房だけに用があるのらしい。乳房だけをもとめられるなんて……わたしって、なんてかたわな人間であろう）

加代はすこし寂しくなる。世間の女と同じように、周囲の人たちが「女の体」の魅力を感じて、花に来る蝶《ちょう》のようにしてくれるのなら、いくらかの自信も持たれようが、体や顔ではなしに、

（乳房だけが所望だなんて……ずいぶんかなしい、そして、人をばかにしている

ことだわ)

加代は、むしろ腹立たしいものを覚えるのだった。乳房ばかりを問題にされることは、逆に「女の体」を無視されでもしたように、加代には悲しかった。

(乳房のことを言わないのは、宗像宗太郎さまだけだ……その宗太郎さまだって……)

加代は、脚絆にひっかかった棘を払いのけながら、

(その宗太郎さまだって、わたしの体については、何もおっしゃらないのだもの……すると、わたしには、女としての値打ちが殿方には感じられないのかしら?)

こんな寂しいことはない。それは、女として致命的な結論への到達だった。加代は、自分の体が、宗太郎にまで魅力のないものかと思うと、急に足元がくずれて、もうこれ以上走る気力もなかった。

「キキ……キキキ……キ」

さるの赤面は、その加代の手を引っ張って、しきりに走ろうとする。忠実な赤面は、地獄部落を脱出していらい、かよわい加代の手足のように、加代の手をひ

いてやったり、崖《がけ》の所では、下に回って加代の腰を押してやったりして、いまではすっかり加代の信用を深くしているのだ。

「だめ。そんなにたもとをひいては……わたし、もう、とても走れない」

「キキキ……キキ」

　赤面は、まだまだ危ないから、もっと遠く離れなくてはいけないと、しきりに加代を引っ張るのである。そして、時々、必要以上に、加代の手をきゅっと握りしめたり、必要以上に、加代の腰の辺りを押すのである。どうやら、この畜生め、加代の体に、ある執心めいたものを覚えているらしい。敏感な乙女には、そういう畜生の動作というものはすぐに分かって、

（いやらしい！　気色の悪い！　きゅっきゅっ手なんか握ったりして）

　加代は、時々うつくしく怒って、たもとで赤面の赤い顔を打つ。赤面は、それでも、キキと叫んで手を握る。そして引っ張る。いやらしいこと、この上なしというまでに、赤面の動作が露骨になってくる。

　しまいには、加代は本当に怒り出して、

「お帰りッ！　お前なんかに連れて逃げてもらわなくても、わたし一人で逃げま

すよ。なんですッさっきから、わたしの腰を押すとみせかけて、わたしのおしりをチョイチョイつねったり、親切に手をひくとみせかけて、きゅっきゅっ握りしめるなんて……宗太郎さまだって、お前みたいなことはなさらないのに」

乙女の潔癖――急にさるに対して腹立たしいものを覚え、（もう、こんな、いやらしいさるなんかと逃げるのはいや）

そう決意したときである。加代の目の前へ、パッと現れた一人の追っ手。

「あっ」

加代は、思わず、さるの手を振り離って、そこへ立ちどまってしまった。

玉をもむ

あのさる回しだ。

どこを、どうかぎつけて追ってきたのか、加代の眼前に、仁王のように突っ立ったさる回しの姿は、加代には悪鬼の形相に見えた。あきらかに相当の決意をしている表情である。

「おいッ」

さる回しは、毒々しい調子を声の中にふくめて、

「てめえ、よくも箱根の宿で、このおれを置きざりにしたな」

「…………」

「ふふふ。ここで会ったのはまだこのおれに運がついている証拠だ。赤面を連れて逃げたのが、てめえの運のつきというものだ。なにしろ、おれの鼻は、赤面のにおいをかぎわける力をもっているのだからな」

「…………」

「てめえを探して、山の中をわけていると、風上から赤面のにおいがしきりにする。どうもおかしいと思って、そのにおいを追ってみれば、てめえと赤面が手をつなぎ合ったり、しりを押してもらったり……いやはや、とんだぬれ場という次第だ」

「わたしは、あなたに追われる筋合いはありません」

「てめえになくても、こっちは追う筋合いがあるんだ。用のあるのは、てめえの体ではないのだから、操の心配はするに当たらない。てめえの体の一部分だけ、

ちょっと拝見させてもらえば、それでいいのだ」

「…………」

加代は、思わず自分の胸を押さえた。さる回しのねらっているのは、ここの部分であることは、加代には先刻承知だったからである。

「キャッ……」

そのとき、加代を案じていた赤面が、いきなり親方のさる回しに飛びかかってゆき、その顔をシャッと引っかいた。さるの十八番は相手の顔面をつめで引っかくことである。

「な、何しやがる、こん畜生ッ」

不意をくらって、さる回しは、思わず両手で自分の顔を覆うたが、その手に、赤い血が数条糸をひいているのをみると、急にカアッとなって、

「畜生ッ、親方に向かって、なんてことをしやがるんだ」

いきなり足をあげて、さるの胴体をけとばした。さるはキキッと叫んで、さらに飛びかかっていったが、そこはそれ、平常から扱いつけているさるのことと て、その急所を知っているさる回しは、さるの左のわきの下をひっつかむと、ぐ

い！　と突きあげた。さるは急所を突かれてギャッと叫んでひっくり返ってしまった。

「こいつめ！　消えてしまえ！」

さる回しは、さるをつかみあげると、ひらり高くさし上げ、さしあげるが早いか、

「えい！」

と、空へなげやると、さるはもんどり打って、深い谷の底へ石のように回って落ちていった。そのすきに、加代は逃れようとして、木々の間を縫って懸命に走ったが、しかしそれはむだな努力だった。

「こんどこそは、見極めてやる」

さる回しは、けだもののように追って、うしろから加代に躍りかかり、加代を抱えて横倒しにそこへ押しつけると、さっと加代の乳房のあたりをひきあけた。

数万両の秘密を秘めた乳房。

だが、見たところ、ただの乳房だ。ただの乳房でも純無垢《じゅんむく》の清浄なものは、やはり美しい。泥中《でいちゅう》に咲いた二輪の白蓮《びゃくれん》。その一輪の花にさる回しは用事がある

のだ。

「お放しくだされ。どうぞおゆるし」

「ここは山の中だ。じたばたしないでおとなしくしていろ。温め鳥ではないが用がすめば放してやる。てめえの体まで、どうしようって訳じゃないのだ」

さる回しは、もがく加代の上に両ひざをのせて押さえつけ、みじんの動きもとれないようにすると弾むその乳房へ、荒々しい手をあてた。

（こうしてもめば、肌《はだ》が紅潮しておしろい彫りがあらわれる。ふふふ、数万両の乳房だと思えば、もったいない気がする）

さる回しは、秘密のなぞ文字を浮き出させるために、加代の乳房を、もりもりともみはじめる。

「おゆるし……おゆるしくださいまし」

「何いやがるんだ。文字さえみてしまえば、頼まれなくても許してやる」

さる回しは、文字のことで頭の中がいっぱいである。ここで、この娘の乳房を盗み見なくては、地獄部落の主長、地獄景兵衛から、どのような叱責《しっせき》をうけるか分からぬと思うと、もう懸命である。

もり、もり、もり——ともむ。なんとも言えない手ざわりである。乳房とは、かくも美しい手触りを覚えるものであろうかと、さる回しはあきれながら、文字のためにもむ。加代は、しかし身動きもできない。まるで、隼鳥《はやぶさどり》につかまった温め鳥同様である。

「お放し……おゆるし……」

「おお、出た出た」

もむほどに、加代の左の乳房が充血して、まるで熟れた桃のように赤くふくらんで、その表面に、ほの白い文字が、ぼうとあらわれているのだ。瀕死《ひんし》の月海老人が、懐剣のきっ先で彫った文字であるから、みみずのはったあとのように読みづらいが、よく見れば判読できぬことはない。

「なになに……ふよじみ……なんのことだ、これは……とにかく、消えないうちに、書きとめておかねば」

さる回しは、手早く腰をさぐり、矢立をとり出すと、懐紙へ、

「ふ、よ、じ、み……」

と、書きつけ、さらに次を見ようとし、

「おや。もう消えかかっている……まるであわの表に映った景色みたいだ。畜生、もう一度もみ直しか」

紅潮した乳房は、すぐに血の気を散らしてしまうものである。血の気が散ればおしろい彫りの文字も消えてしまう。

そこで、さる回しは、もう一度もみ直しをしなくてはならない。

「面倒くさい乳房だ。どうも、こういうものをもむのは、おれにはニガ手だ。が、もまねば出てこぬほおずきの種と来た」

さる回しは、下手なシャレをつぶやいて、もう一度もりもりはじめようとして、

「い、いてえ。だれだ！」

思わず、とんきょうな声を絞った。背中を力いっぱいに、何者かになぐられたのである。

めぐり会い

「こん畜生ッ！　うぬだな、さるの親方というのは。ちゃんと顔にさるのつめ跡がついているから分かるんだ」

片手の飛介が助け船にとび込んできたのである。飛介は、そう言っておいて、

「お嬢さんに、変なまねをするなんて、うぬというやつは、なんて、よくないやつだ。えい、こうしてくれる」

飛介は、いきなりさる回しの腰をけると、さる回しは、加代の体から五尺ばかりケシ飛んで離れ、

「何をするッ」

「何もヘチマもあるか、こん畜生め！　うぬみてえなやつは、こうしてくれる」

片手をひろげて、さる回しにとびついてゆき、さる回しの首をぐいと抱きしめてしまった。が、さる回しもなかなかのさるものとみえて、飛介の逆手をとって飛介をたたきつけ、その上へ馬乗りになって、

「こいつ」

ぽかり、と一つ食らわすのを、飛介は片手で、

「畜生ッ」

と、なぐり返し、なぐり返しておいてふたたび組みつくのを、さる回しは、それに応じて、負けじと組み直す。

「こん畜生ッ」

「このかたわめ」

くんずほぐれつ、上になり下になり、双方の組み打ちは、ついに崖《がけ》の上まで転がってゆく。

「飛さん危ない……崖へ落ちたら……」

加代は起き上がりながら、飛介のために注意を叫ぶと、飛介は寝業のまま、

「これがおれの戦法だ。こいつと一緒に、この崖の下へ落ちてやるんだ」

さる回しがびっくりして、

「そ、そいつはむちゃだ。崖へ落ちたら、おれもお前もみじんになって死んでしまう」

「なあに、おれは不死身の鉄拐飛介《てつかいとびすけ》様だ。こんな崖へ落ちたくらいでへたばりはしない。うぬが目をむいても、おれは死にっこねえ」

「そ、それは乱暴」

「乱暴もヘチマもあるもんか——えい！　転がれッ」

飛介は、満身の力をこめて、ぐいっと体を転がすと、抱きしめられていたさる回しも一緒に、ころころと転がりはじめた。

「ゆ、許してくれ、許してくれ、崖へ落ちるのはおれは困る」

「困るもくそもあるか。うぬはおれの大事なお嬢さんの上に乗りゃがった不届き者だ。崖へ落として殺してやるんだ」

飛介は、抱きしめた片手を離さず、そのまま勢いをつけて、四十尺ばかりの崖下を丸太をころがしたように、一直線に落ちていった。

「あっ、飛さん」

加代は思わず叫んだ。

「心配されなくてもよろしい、加代どの」

うしろの方で声がした。加代は、ハッとして振り返ると、

「ご無事で再会できてよかった」

夢にも忘れられない宗像《むなかた》宗太郎《そうたろう》の姿が、そこに立っているのだった。

「飛介は、なかなか死なぬ男。あれは、飛介一流の捨て身の戦法というもので

す」

と、いい、加代の乱れた体を案じ顔になって、

「それよりも、加代どのには、どこも？」

「はい」

加代は、胸の中をドキンとさせた。もしや宗太郎に、自分が乳房をもまれているところを見られたのではなかろうか？　そうだとすれば、これは女として、死にまさる恥のところを見られたことになる。

「いえ、どこも」

思わず、胸の辺りのひらけたのを加代は本能的に隠したが、心臓は早鐘のように激しく動くのだった。

（あんなさる回しに、大事な乳房をもまれたところを宗太郎さまが見ていられたとしたら、宗太郎さまは、どのように、わたしをさげすまれていられるであろう）

加代は、穴でもあったら入りたい思いであった。が、どうやら、宗太郎の様子に、そのようなところは感じられず、加代がさる回しのために、単に危難にあっ

ていたくらいにしか思っていないらしい様子に、ほっと安心し、

「宗太郎さまには、どうして、このような所へ？」

「それは、拙者もききたいところです。あなたは、どうして、あの地獄部落へ？」

——そのとき、宗太郎は上空に何かの気配を感じ、顔をあげたが、

「おお、あれに！」

喜びの声をあげたかと思うと、いきなり刀の鞘《さや》の小柄《こづか》を抜いて、

「えい！」と、手練の手裏剣術にものを言わせて、空高くそれを投げあげた。頭上を、大鷲《おおわし》がゆうゆうと飛んでいるのである。そして、その大鷲のくちばしには、ぴかぴかと光る黄金の玉がくわえられているのだ。小柄は似我蜂《じがばち》のように飛んで、大鷲の胴体を見事に貫いた。

悲しき乳房

宗太郎の投げた小柄は、梭《ひ》のようにとんで大鷲の翼をつらぬいたが、しかし、

それは羽と羽の透き目を縫っただけで、鷲にはいっこう手ごたえなく、鷲は何事もなかったかのように、くちばしにくわえた光る黄金の玉を落としもしないでゆうゆうとかなたへ……。

「しまった。惜しいことを致した。まさに、これ、長蛇《ちょうだ》を逸す——というやつだ」

宗太郎は、舌打ちをし、いかにも残念そうに鷲の行方を見送るのへ、加代は、

「どうして、あの大鷲を落とそうとなされたのですか」

「黄金埋蔵の場所を示す秘密の玉を持って逃げたさる、そのさるを大空へつかんでいったのはあの大鷲、つまりあの大鷲のくちばしの黄金の玉こそ、一切の秘密を解決するかぎだ」

「まあ、あれが」

加代も、惜しそうに大鷲を見送った。大鷲は箱根の山々を越え、やがて東の空とおく、いずこともなく飛び去ってゆく。

「あれを逸しては、万事休す。月海老人の二百年の苦心も水のあわ。おそらく、あの鷲は人跡未踏の山奥の岩山に巣をつくっているものにちがいない。とする

と、あの秘密のかぎは、永遠にわれわれの手に入ることはなかろう」

「どうしましょう」

「最後まで探すことだが……しかし、まず、縁のないものと思わなくてはなるまい」

二人は、それから、山の背に出て、南の方へあるいた。若芽の濃みどりが日にすけて、まるで宝玉のように美しく、二人の目には、何か新鮮な世界を感じさせた。

宗太郎は、加代へ、これまでの加代のたどってきた事情について尋ね、加代がそれについてつぶさに答えると、こんどは、加代が宗太郎へ、宗太郎のこれまでにたどってきた事情を尋ねる。

あまりに数奇を極めた二人の道であった。一方は大うず巻きの中にまきこまれながらも、九死に一生をとりとめ、一方は地獄の噴火口に落ちて、九死に一生以上の一命をひろっているのだ。人間の生命などというものは、もろいもののようで、この世に縁のあるものならば、なかなかに死なぬものだと、宗太郎も加代も、だまって歩きながら、しみじみと心の中で感心するのであった。

あるいているうちに、加代は全身に、しっとりと汗を覚えた。地獄谷で命をひろって以来、ほとんど休養する時間もなく、ここへ逃げてこなければならなかった激しい運命の曲折は、かよわい加代の体にとっては、あまりに苛酷《かこく》すぎた。疲れきった体には、汗の出もつよく、まるで蒸しぶろの中に置かれてでもいるかのように、加代は汗の滴につつまれ、

（風邪でもひいたのかしら？　こんなに汗ばむというのは）

そのうち、加代は左の乳房が、むずがゆくなってくるのを意識し、

（あら、どうしたのかしら）

加代は、あるきながら、宗太郎にわからないように、乳房をそっと着物の上から押してみた。乳房がむしょうにむずむずするのである。とてもたまらないほど、むずがゆい。

（妙なこと、左の乳房だけ急にかゆくなるなんて）

加代は、宗太郎が横にいるてまえ、乳房のかゆみを消すために、乳房をもむわけにはいかなかった。と、いって着物の上から押さえているだけでは、とても辛抱ができなかった。

加代は、まだ自分の乳房に秘められているおしろい彫りの秘密は、知らないのだった。しかし何かしら、自分の乳房には、自分の周囲の人たちが、ある関心を持っているということだけは感づいている。

いつか、陣場山のふもとを流れる興津川の堤で、あのさる回しが、自分の乳房をねらったし、箱根の宿屋では、あのお辰が自分の入っているふろの中へ飛びこんできて、なんのかんのと言って、自分の乳房を盗み見ようとし、――いや、盗み見ようとしたどころか、自分の乳房を見て、何か変な文句を読んだりしたのである。

そのうえ、湖上でも自分の乳房に執着し、地獄谷でも、乳房をみせてくれと言ったし、地獄村でも、あすこの住民は、自分の乳房を見たがった。現に、そのために自分はこうして追われているのである。

それを思い、あれを思いあわしてみると、加代にはふにおちないことばかりなのであった。

（なんだって、みんなが自分の乳房ばかり見たがるのだろうか）

疑問を覚える前に、

（いやらしい）

と思うのだった。なんとなく自己嫌悪《けんお》の念にまでかられるのである。

（乳房をのぞいてみて、それがなんになるのだろう。殿御というものは、おなごの乳房に興味を持つものだと聞いているが、あのお辰姉さんまでとてもの執念ぶりをみせたが、そのわけが、自分にはどうしても分からない）

加代はそんなことを考え考え、宗太郎と一緒に、山の背をあるいているのだが
――乳房のかゆみが、とてもたまらないほどになってくるのだった。むずむずして、何かしら乳房の上を、いやらしい毛虫でもはいまわっているように思えてならないのだ。

「あ……」

とてもたまらず、思わず乳房を押さえて、宗太郎には分からないように、一もみもんでみると、とても、いい気持ちなのである。

「どうかしましたか」

宗太郎は、胸を押さえて、困った顔をしている加代へ優しく尋ねた。

「はい、すこし」

「気分でも悪いので？」

「はい」

まさか、乳房がかゆいのです——とも言えず、加代は、

「胸がすこし苦しいのです」

「それは、いけない、薬……」

と、宗太郎は腰をさぐって、地獄村でもらった蘇生薬《そせいやく》をとり出し、

「これでも」

「ありがとうございます」

「とても、にがい薬だから——おお、どこかで水をさがしてこよう」

宗太郎は、熊《くま》の胆《い》のような黒い薬を加代の手へ渡すと、水をさがしに、木々の間をいそいで降りていった。

白蓮《びゃくれん》の花

加代は、その間に茂みの中へ入ると、いそいで胸をひろげ左の乳房をのぞきこ

んだ。若芽の間を通って差し込む日の光が、純白の加代の胸にあたって、まるで緑の布のように、加代の胸は美しく輝く。

加代は、胸の辺りをのぞいてみて、

「あ、何か、妙なものが」

と、おどろく。乳房とは、白いもの、白蓮《びゃくれん》のつぼみのように、純白で美しいものとのみ思っていたのに……この乳房はどうしたことか、まだらな淡紅を交え蓮《はす》の花のつぼみのように、純白さを欠いているのだ。

加代の乳房は、山中を走り、山の背を懸命にあるいているうちに、ふろへはいり、酒を飲んだと同じ効果をみせて充血しているのだった。充血したため、おしろい彫りの秘密の入れ墨があらわれたのだった。

(なんだろう、これは)

みみずばれでもしたかのように、自分の乳房のまわりに、怪しい文字の浮かんでいるのをのぞきみた加代は、どきっとするほどの驚きをその胸のうちに覚えない訳にはいかなかった。

(ああ、どうやら、これは文字にちがいない)

加代は、いそいで、丸い懐中鏡をとり出して、乳房を映し出してみた。が、文字は逆にうつるので、はっきりと読みとることができなかった。月海老人が、瀕死《ひんし》の身で懐剣のきっ先で彫った怪しい文字は、鏡に映しただけでは、読みとれないのも無理はなかった。

（なんという字かしら、はじめの字は）

加代は、おそろしいもの見たさの気持ちで、夢中になって鏡の中の文字へ全神経を集中させるのである。

（ふ……はじめの字は、ふという字かしら？　ずいぶんあやしい字だけれど）

加代は、独り言をいって、それを断じるまでに、かなりの思案が必要であった。かゆいので、ときどきもみながら、また次の字を解こうとする。

（二番目は……よ……よという字のようだわ。ずいぶん妙な字だけれど）

加代は、読んでゆきながら、胸の中をあやしくうちふるわすのだった。一体ぜんたい、この怪文字は、いつの間に、こんな所へ彫り込まれたのであろう？　考えてみても、それが、いつ彫られたのか、加代には、さっぱり分からないのである。

（陣場屋敷で、わたしは正気を失って倒れていたが……もしやあのとき？）

そう思うと、どうも、あのときに彫られたものらしい、ということは大体に想像されないでもない。あの直後、あのさる回しが、自分に馬乗りになって、乳房をさぐろうとしたのであるから……。

（と、すると、彫ったのは、あの木乃伊《ミイラ》の老人だったのか？）

加代は、思わず、ぶるぶるっと身をうちふるわすのである。

（木乃伊の月海老人が彫ったものだとすれば、一体、なんのために、かの老人は、これを彫ったのか）

疑問は、それだ。

（ことによったら、黄金埋蔵の秘密と、この乳房の文字とが、ふかい関係があるのかもしれない）

豁然《かつぜん》と霧の中の視野がひらけたような気がするのだった。

（そうだ、そうにちがいない）

だからこそ、あのさる回しが……お辰が……地獄村の人たちが……だれもかれもが、自分の乳房をねらっているのだ。

この真相を知らないのは、当の本人のわたしと、宗太郎さまだけだ――と加代は気づくと、自分たちは、あまりにのんきで、その反対に、自分たちをねらう周囲の人たちの敏感さにおどろき、自分たちののんきさにあきれてしまう加代だった。

乳房の文字は、いつの間にか消えうせていた。着物の中で蒸せて、そのためにかゆくなった乳房へ、山のすがすがしい風があたったので、乳房がいつか冷え、おしろい彫りも、いつか姿を消してしまったのである。同時にかゆかったのも、自然に治っている……。

――と、

加代は、すぐ目の前に、何かをみて、ハッとし、思わず乳房をかくしてしまった。

言いがかりの雲助

背中に、あやしい入れ墨をした雲助が五人、さっきから加代の姿を見ていたのであろう、にんやりと、いやらしい笑いを浮かべて、そこに立っているのだった。

「まあ――」

加代は、恥ずかしさのために、血の気が頭の上へ、カア……ッと、のぼってゆくのを覚えた。だれもいないと思って安心し、さっきから、しきりに小さな秘密をのぞいていた自分の姿を、加代は客観的に思いうかべてみて、急に恥ずかしさを覚えないではいられなかったのである。

「へっへっへっ……」

雲助の一人は、にやにや笑って、

「娘さん」

と、声をかけ、

「こんな山ん中で、一体ぜんたい、何をしていなさるんで?」

「…………」

加代は、思いがけない雲助の出現に、言葉が出なかった。

「若い、かわいい顔をしていて、こんな山ん中で一人……へっへっへ……いい所をみているなんて、へっへっへ……もう一度、そこん所を見せてもらいてえもんで、へっへっへ」

「………」

「そ、そんな、おっかねえ顔をするもんじゃねえ。おれたちは、別におめえさんを探しにきたんじゃねえから安心しな。探しにきたのは、芦ノ湖の裏手から関所破りをしたお侍さんと、片手のないせむしなんだから」

「え？　お侍さんと、せむし？」

「おや？　知っているのか」

　お侍さんとせむしといえば、宗太郎と飛介のことにちがいない、芦ノ湖で追われたことは、さっき宗太郎から聞いて、加代は知っているのだ。

（と、すると、この人たちは、あの織部熊太郎一味の手先となって、芦ノ湖で宗太郎さまを追っかけた雲助たちなのにちがいない）

　加代は、とっさに逃げようと考えたが、しかし宗太郎を置き去りにするのはしのびなかった。

　と、同時に、このような雲助の四人や五人は、宗太郎が来てくれさえすれば、楽々と追っ払えると思った。

「宗太郎さあーん」

加代は思わず叫んでしまった。

「やっ。やっぱり、この娘は、ご注文の加代というのにちがいない」

「それッ。とんだ椋鳥《むくどり》だ」

宗太郎の名前を呼んだことがかえって、加代にとっては助けにはならず、不利を招いてしまった。雲助たちは、この女を加代だと断定すると、豹《ひょう》のように躍りかかり、双方から加代の手をとって、

「来い！　こっちの用のあるのは、あのお侍でもなければせむしでもないのだ。おめえさえ連れて帰ればいいんだ」

「何をなさいます」

「何もへったくれもねえ。ここは箱根の山中だ。じたばた騒いだところで、どうにもならねえとあきらめるんだな」

「なにもお前さんの体を、どうしようというんじゃなし、おとなしく——あっ。何をしやがるんだ」

雲助の一人は、加代の護身用短剣で手の甲をさされて、思わず手をひいたすきに、加代は一散に駆け出した。

「それッ！　ふてえ阿女《あま》だ」

雲助は、いっせいに追わんとしたとき、

「待てッ」

目の前に立ちはだかった宗太郎。両手にすくってきた水を、雲助たちの顔にパッと投げかけておいて、

「理不尽な！　無礼すると許さぬぞ」

「おう。芦ノ湖の死にぞこないめッ！　お関所破り！　おれたちはてめえを捕めえて、恐れながらとお関所へつき出せば、おめえさんはハリツケだぞ」

「拙者は、関所を破った覚えはない」

「おっと、どっこい！　湖尻《こじり》から、ここへ来て、ここから底倉へ降りて、湯本へ出よって寸法なんだろう。関所を横目ににらんで、別の道から小田原へ出れば関所破りにちげえねえ。破らねえとは言わさんぞ」

「なんという言いがかりを」

「言いがかりもへちまもねえ。それッ。こいつから、ひっくくってしまえ」

雲助たちは、なんといっても、宗太郎を関所破りだといってきかないのである。

「よし、それほど申すのなら関所破りになってつかわそう」

「それ、本音を吐いた」

「その代わり、貴様たちの命は、一人も生かしておかぬ」

「しゃらくせえ。てめえみてえな生びょうたんに、命を左右されてたまるものけえ。おう兄弟やっちめえ」

「合点だ」

「うわッ」

雲助たちは、まるで、飢えた狼《おおかみ》のように宗太郎一人へ襲いかかるのだ。

「よし本当に——斬《き》る」

その言葉の終わりと、まず、まっさきの雲助が虚空をつかんでのけぞるのとほとんど同時だった。

「それッ。手ごわいぞ」

「油断するな」

命知らずの雲助たちである。舟の中では弱かったが、山の中ならお手のもの、獣同様に雑木の間を縫いまわって宗太郎を悩ますのだった。木の枝の間では、宗太郎は思うように刀も使えず、足場の悪さは、宗太郎の活躍を困難にしたが、雲助たちにとっては、それがまことに好都合の条件だったのである。

「うおう！」

「こん畜生ッ」

雲助たちは、木の枝を宗太郎に投げつけ、宗太郎が、それを受けとめ払いのけている間に、石をひろって投げつけ、次から次へと戦法を変え、攻撃の手を休めないのだ。

「おのれッ……おのれッ、無礼な」

宗太郎は、もう本気になって雲助たちを全部斬りすてる覚悟だが、斬り払うのは木の枝ばかりで、雲助たちの体は、まことに軽々として胡蝶《こちょう》のように鮮やかに動くのだった。

「加代どの……加代どの……すこしでも遠くへ逃れてゆくのだ」

「でも……宗太郎さまには」

「拙者に構うな。このような大根の四本や五本、たたっ斬るのには世話はない」

敵には口きかぬ

山の背の道は、やがて赤土の歩くのに楽な道となった。この辺りは杣人《そまびと》はもとより、普通の旅人も通るであろう、草すら生えていない。

（ここを行けば、どこかの村に出るのかもしれない。そこで宗太郎さまをお待ちしよう）

加代は、体に無理をしない程度に走り続けた。走りながら、加代はうぐいすの声を脚下の谷間にきいたり、すぐ目の前を立ち上がる山鳥の羽ばたきに肝をつぶしたりした。

そのうち、道は一流れの川のところで急に切れてしまった。川は三間ほどの幅しかなく、その向こうは高い土手になって、熊笹《くまざさ》やら茨《いばら》が生いしげっている。

（どうしよう？）

加代は、はたとゆき詰まってしまった。このような妙な道というものはない。道が急に消えてしまうというのは知らないことだった。

（どこへ通じているのかしら？）

見まわすと、川は急な坂になって激しい流れを落としているが、河床には、大きな石が二、三尺置きに顔を出していて、どうやらそこが道になっているらしい様子だった。

（あの石が石だたみのようになって道になっているのかしら？）

加代は、その辺りを見回しても、ほかに道らしいものがないと知ると、その石を伝って下の方へ降りていった。二町ばかり降りたころ、そこからふたたび道は横の方につながっていた。かなり広い道だった。

「妙な道だこと、このような道は知らない」

加代は、まるで狐にでもつままれた思いでその白い道をたどってゆくと、こんどは、いきなり、

「猿丸加代どの」

道の横から呼びかけられて、ぎくりとして、立ちどまった。

思いがけない相手だった。

織部熊太郎、池淵弥十郎、野寺友之丞の三人が、すぐ横のくぼみに休んでいるのだ。

呼んだのは織部だった。

「加代どの」

「敵には口はききませぬ。父を殺《あや》めました復讐《ふくしゅう》は、いずれ」

「宗像宗太郎の助太刀によって果たします――というのだろう。だが、そうは問屋は卸さぬであろう。ところで――」

「答える口は持ちませぬ」

「と、いってしゃべっているではないか」

「それではしゃべりません」

「しゃべってもらわなくてもよい。よいがだ、そなたに、見せてもらいたいものがある」

「お見せするものはありませぬ」

「こちらにある」

「しつれいします」

「おいッ」

三人はいっせいに立ち上がって加代を追った。加代は一散に逃げて、二股《ふたまた》の道を左手にとって懸命に走った。が、すぐにつかまってしまった。

「見せてもらいたい」

「見せてって、なにもわたし」

「ここだ」

織部は、加代の乳房の辺りをさっとひろげた。

「あっ。何を——何をなさいます」

「ちょっと見るだけだ」

「ぶ、無礼なさると」

「手はみせませぬ——か。その手は古い。おや、何もない」

織部は、加代の乳房をのぞきこんで、失望したように言った。

「わたし、何も持ってはいませぬ」

「持っているのではない、彫ってあるのだ」

「彫って？」

「知らないのか？　こりゃおどろいた。自分の乳房へ入れ墨を彫られて、それを知らないなどと——」

「えっ、入れ墨」

加代は、さっきのさっきまで、自分の乳房を鏡でのぞいていただけに、ギクリとするのだった。

（あ、あれが入れ墨だったのか）

はじめて教えられて驚く加代だったのである。

「知らないとはおめでたい話だ。拙者たちも箱根で、はじめて知ったのだ。大鷲《おおわし》が黄金の玉をつかんださるをさらって逃げた騒動の折、あのさる回しが残念がって、仲間らしいのに話しているのを盗みぎいて、この秘密を知ったのだ」

「………」

「あの黄金の玉に刻まれてある文字とかと、そなたの乳房に彫られてある文字とを合わせると、黄金埋蔵の場所がわかるということなのだ」

「えっ。あ、あの字と……」

「やっぱりあるのだな。どこに彫ってあるのだ」

織部は、ぐいっと、さらに加代のふところをひきあけ、加代の白い乳房を、まるで白菊の花でもむしりとるように、ムズッとつかむと、乱暴に引き出した。乙女の乳房でも、年ごろともなれば、なかなかにふくれて弾みがある。

「入れ墨が、ないではないか」

織部が首をかしげると、

「右のほうかもしれない」

「それでは、右をみろ」

右の乳房を、ぐいとあけた。が、そこにもない。

「おい。どこに彫ってあるんだ」

「存じませぬ。そのようなものは」

「いま、あの字——と、言ったではないか」

「敵には口はききませぬ、お離しください」

「離さぬ。入れ墨をみせろ」

「ないものは見せられませぬ」

加代は、いきなり、野寺のひじを下から逆に打ちあげ、野寺が、あっと手を離して二、三歩さがるすきに、胸をはだけたまま、元来た道を駆けもどっていった。

「玉を逃がすな」

三人は、ふたたび追っかけようとし、

「あっ！　いかん」

異口同音に、そう叫んで、道端へ身をよせてしまった。

乗り物の女

高級乗り物をかこんで、二十人ばかりの人数が静々と来る。鋲《びょう》打ちの黒塗りで、相当の人の乗る乗り物である。それも、女用――

「お願い。お願い。追われております」

加代は、いきなり、その人数の中へ飛び込んでいった。

「これこれ。お乗り物に近よってはいかん。このお方様は、お部屋様、お喜久の方であられるぞ」

「えっ」

「底倉の湯へ、お体を休めに行かれての帰り道じゃ、粗相があっては申し訳がない」

警固の一人が早口にしゃべった。

加代は、お喜久の方という名前はよく知っていた。いま大奥にあって、飛ぶ鳥もおとす勢いの女流第一等の権勢をたもっていることは、数年前から聞いている。

「お願い。わたくし、江戸の増上寺門前に住む、猿丸加代と申します」

江戸城内に住む佳人ときけば、加代には、なつかしさが覚えられ、自分も江戸の娘であると、つい名乗りをあげてしまったのである。すると乗り物の中から涼しい声がもれて、

「なに猿丸」

「増上寺門前の猿丸——といえば、あの猿丸柳斎どのの」

「娘にございます」

「ほうそれは」

乗り物の中のぬしは、柳斎のことを知っているものらしく、なつかしそうな口調で、

「猿丸柳斎どのの娘御が、またどうして、このような所へ」

「そ、それは」

「まあよい。いずれ、くわしくききましょう——堀木丈右衛門《ほりきじようえもん》」

「はっ」

さっきの、警固役の武士が、乗り物に近く体をよせると、

「事情は知らぬが助けてあげるがよい」

「心得ました」

堀木が、加代へ振り返って、

「お乗り物のそばについていられるがよろしかろう」

「ありがとうございます」

「して、追われていると申されたが、曲者《くせもの》はいずれに」

「あすこへ」

加代が振り返ったときには、織部たち三人の姿は、もう、その辺りには見えな

かった。その代わりに、例の赤面なるさるが、向こうから走ってくるのが見えた。

「あれでござるか」

「いえ。あれは、わたくしと心安いさるでございます」

「さると心安いとは」

丈右衛門が苦笑したとき、

「猿丸加代どのとやら、そなた、も一度、底倉の温泉へ帰られぬか」

「え？　温泉へ」

「わらわ、そなたに是非話したいことがあるのじゃ」

とびらがすっと中からあいて、顔をみせたお喜久の方こそそれは、まるで白芙《しろふ》蓉《よう》の花のように美しく清楚《せいそ》だった。

加代は、その美しさに思わず、あっ、と声をたてようとさえした。お喜久の方は、乗り物の中から、にっこりと笑ってみせて、

「今日は、小田原までまいる予定であったが、もう一夜、底倉で泊まることにする故、そなた、一緒に来てはたまわらぬか」

松平長七郎の末

底倉温泉は、粗末な宿屋が三軒に、あとは木樵《きこり》を業とする家が七、八軒という、まことに静かな山中の温泉村だった。

その一軒の、明神湯——という、名前だけはもっともらしいが、中は、まことに山家くさい宿屋へ引き返した。家斉《いえなり》将軍の愛妾《あいしょう》、お喜久の方は、加代を自分の部屋に置くと、従者の人々は近づけず、

「のう。猿丸どののご息女」

まるで、十年も前から、加代と知りあいででもあるかのように、

「そなた、駿河大納言様のご遺志をついで、かつての昔月海上人が埋めおかれた黄金をお探しになっていられると聞いていますが、黄金埋蔵の場所について、すこしは、それの見当がつきましたかえ」

ずばりと、そのことに触れてきたのは、さすがに加代も一瞬、胸をドキリとさせないではいられなかった。それは、加代にとってはまことに意外な問いにちが

いなかった。大奥第一流の愛妾《あいしょう》として、将軍以外に交渉のないはずの、このお喜久の方が、どうしてまた、自分の行動について、このように知っているのであろう。加代にとって、このひとは味方なのか、それとも敵なのか、寸時の間には見分けがつかず、

「…………」

しばらく返辞をためらっていると、お喜久の方は、その、ためらいの程を見抜いてか、ほほほと笑って、

「案じているのかえ。わらわを」

「…………」

「わらわの先祖も、そなたと同じく、駿河大納言様じゃ」

「えっ」

「駿河大納言様の御子で、世にすねて、気まま放題にくらし、時の将軍様をてこずらした松平長七郎様……その長七郎様こそ、わらわの先祖」

「えっ、あの、松平長七郎様の」

加代は、驚きのひとみを上げて、お喜久の方をながめた。

（このひとが、松平長七郎様のお子様？）

そう思っただけでも、何かしら、なつかしいものを感じる加代であった。松平長七郎というお方は、言いつたえによれば、なかなかの美男子であったというが、そういえば、このお喜久の方も、花のように美しい、清楚《せいそ》な感じのするお方。やはり血の筋というものは、争えないもの——と加代は、心の中で、そう思いながらも、

（松平長七郎様のご子孫が、将軍様の愛妾として、大奥へ上がっていられるというのは、どうしたことであろう）

そんな疑問もわかさないではいられなかった。松平長七郎の子孫であると分かっておれば、いくらなんでも、将軍は、これを愛妾としてそばにはべらすことはなかろう。

加代が、そのような疑問を、胸の中で考えていると、お喜久の方は、美しい笑いを花のようにみせて、

「もっとも、松平長七郎様が、わらわのご先祖であるということは、上様にも内緒にしてあるのじゃ。わらわは、御殿に上がるときは、旗本宗像伊九次郎の養女

ということにして」

「えっ。宗像殿の？」

加代はさらに驚くのだった。旗本宗像伊九次郎といえば、加代の愛人、宗像宗太郎の父の名である。加代は、これまでについぞ一度も、宗太郎からそのような話は聞いてはいなかったから驚くのも無理はなかった。

「わらわが、そなたの父親、狼丸柳斎どののことをよく存じているのは、宗像伊九次郎どのからいつも柳斎どののことを聞かされているからのことで、柳斎どのには、まだ一度もお会いしてはいないが、血筋を同じくする者として、いつも懐かしく思うていたのじゃ」

お喜久の方は、柳斎の不慮の死を惜しむ風に、

「まったく惜しいおひとを失ったものじゃと、わらわは心から、柳斎どののご最期を惜しみ、いつか機会があれば、そなたにお目にかかりたいと願っていたのじゃ」

まるでうそのような話なので、加代は返事のしようもなく、ただお喜久の方の顔をみつめるばかりであった。

町人の娘であろうと、百姓の女であろうと、大奥へ上がるには、必ず旗本家の養女とならなくてはならない——というおきては、加代はよく知っていた。だから、この場合、何かの縁で、このお喜久の方が、宗像家を親元として御殿へ上がったとしても、別段不思議でもなければ、怪しむ必要はないのだが——このお喜久の方が、松平長七郎の子孫であるとすれば、宗太郎はその事を一度くらい、何かの折に加代に話しそうなものだと、加代は、お喜久の方の話をきいて、宗太郎の無口さに、いまさらのようにあきれるのだ。

が、何はともあれ、このお喜久の方が、長七郎の子孫であるとすれば、自分と血筋を同じくする者であることは間違いはない。ともに駿河大納言の流れをくむ親類の間柄だ。

加代は、急にお喜久に対して、ある親しさを覚え、

「すこしも存じませんでした。わたくしとても駿河大納言様の流れを受けているもの、今後ともよろしくお願い申し上げます」

と、丁寧に頭をさげた。が、しかし黄金の埋蔵問題については、どう返辞をしたらよいのか、それにはちょっとまごついて、その事には触れずにいると——お

喜久の方は、至極親身な口調で、

「駿河大納言様の残された黄金とあれば、そのお子、松平長七郎様の子孫であるわらわにも、いささか気がかりのもの——といっても、わらわは、それを、どうのこうの致そうというのではない。わらわは長七郎の子孫、そなたは松之助君の子孫、その子孫同士の縁につながる者として、できるだけの援助がしたいのじゃ。どうぞ、これまでの苦心のほどを、わらわにくわしく話してたもれ」

空飛ぶ飛介

「ああいてえ、ああいてえ」

鉄拐飛介《てつかいとびすけ》は、数十丈の崖《がけ》の下で目をさましたが、片手で頭をこつんこつんたたきながら、

「崖から落ちると、どうして、こんなに頭が痛いんだろう。ああいてえ、ああいてえ、まったく、たまらねえほどいてえ」

と、あたりを見まわし、二、三間離れた所に伸びているさる回しの姿をみつけ、

「おや？　のんきなやつだ。まだあんな所に寝ていやがる」

近よっていき、

「おいッ。起きろ」

呼んだが返辞がないので、

「起きんかッ。いつまでも寝ていると、日がくれたら狼《おおかみ》に食われるぞ」

けってみたが答えがないので、しゃがんで起こそうとして、

「おや？　この野郎、つめたくなっていやがるぞ。つまらないやつだな、あんな崖から落ちたくらいで死ぬなんて」

背後の崖を見上げながら、あきれたようにつぶやいた。思い返してみれば、飛介は、このさる回しと取っ組んで、崖の上から落ちてきたことだけは確かに覚えている。その拍子に、不死身の飛介は気絶しただけで助かり。さる回しは即死して、今はつめたくなっているのだ。

「かわいそうなことをしたな。一緒に落ちなければよかった」

飛介は、飛介らしい後悔をする。が、あのとき、飛介はこのさる回しと一緒に崖へころがり落ちなければ、加代はさる回しのために捕らえられていたにちがい

ない。さる回しが直接、加代を捕らえなくとも、大声に叫んで、地獄村の仲間を呼んだにちがいない。

「やはり一緒に転がり落ちるよりほかに、執るべきすべはなかったのだ。こいつの死んだのは自業自得というものだ」

飛介は、そこらを探して、四、五本の草花を摘むと、さる回しの胸の上に置いて、さて、とその辺りを見まわし、

「お嬢さまは、どうしたかな？　うまいぐあいに逃げてくださったかな。それから宗太郎さまはどうなさったか？　うまいぐあいに、お嬢さんに会えたかな」

自分の頭の痛むのを忘れて、主人の娘や、その娘加代の愛人のことを心配する、人のよい飛介であった。

日は、よほど西へ回っているのであろう、この樹木の多い深い谷間は、たそがれのように、うすぐらくなっている。

「お嬢さあ……ん」

呼んでみたが返辞はなく、

「宗像《むなかた》のだんなッ……」

呼んでも、返辞はない。

そこで、飛介は、

「仕方がない。この谷に沿って下へ降りていこう。うまく行けば、宗像のだんなや、お嬢さんに、会えるかもしれない」

はだしのまま、茨《いばら》や雑木を踏みつけて、谷の下へ、のそのそと歩きはじめた。

歩きながら仰ぎ見ると木々のこずえが金色に光っているのが、いかにも静かであった。枝から枝へ渡る小鳥のさえずる声や、その中にまじって聞こえる夏うぐいすの老いた声音は、物事に動じない飛介の胸の中にも、そぞろ郷愁に似た感傷めいたものをいだかさずにはおかなかった。

「おや?」

かなりの時間をあるいた飛介は、ふと聞き耳をたてて木々の間をすかし、こずえを仰いで立ちどまった。何か、黒い大きなものが、ものすごい風音をともなって、高い樹上へ降りたったのを耳にきき、目に感じたからである。

「なんだろう?　天狗《てんぐ》かな?」

飛介は、箱根の山中に、天狗のいることを度々きかされていたので、空からとんできて木にとまったものを、世にいう箱根天狗ではなかろうかと思った。

じっと枝と枝の間をすかして見上げると、鋭いくちばしがこずえに見え、そのくちばしの間に、ぴかりと黄金色に光る丸い玉が。

「あ！　鷲《わし》だ」

飛介は、思わず叫んだ。天狗とみたのは、実は例の大鷲だった。芦ノ湖の一本《いっぽん》杉《すぎ》の上で、さるがもてあそんでいた、あの黄金の玉にちがいない、あの光るものは――と気づくと、飛介は、くそったれ！　と、その鷲をにらみつけるのだった。

「ようし。今度こそはとり返してみせるぞ。宗像のだんなやお嬢さんにとって、天地にかけがえのない大事な玉を横取りしやがった憎い大鷲め！」

飛介は、鷲のとまっている大樹を、あざやかによじのぼりはじめた。左手はなくても、飛介にとっては、これくらいの芸当は朝めし前のことである。両脚のひざ小僧に人数倍の力をこめて木をはさみ、右手で枝をつかんで、するりするりと登ってゆくのであるが、それがまるで栗鼠《りす》のような鮮やかさだった。

「いるいる。ようし、今度こそは、玉をうばってみせるぞ」

飛介は大樹のこずえに達すると、そこに静かに翼を休めている鷲の下へ、そっと体を近づけていった。鷲は、まさか己の脚下に、このようなけしからぬ人間が忍んできているとは気づかないから、黄金の光る玉をくわえたままゆうぜんとして箱根の山姿をながめている。

「やっ！」

飛介は、大鷲へ十分に近づくと、右手をさしのべて、いきなり鷲の片脚をつかんだ。その瞬間、鷲は十数尺もあろう大翼をさっとひらいて立ち上がろうとしたが、飛介がしっかりとその脚をつかんで放さず、

「やい鷲ッ！　玉をよこせ、玉を！　玉をよこしたら、この手を放してやる」

と、叫んでいるので、大鷲はよけいにあわてて、さらに一段と双翼に力をこめ、すさまじい風を巻きおこして立ち上がろうと試みるのだった。

「くそッ！　くそッ！　負けるもんか！　玉をよこせ！　こら鷲ッ！　玉をよこせ！」

飛介は、まるで相手が人間ででもあるかのように叫んで、なおも食い下がって放そうとはしない。そして、じたばた翼をはばたく鷲のくちばしを見上げて、

「畜生ッ！　左手があれば、こいつの足をつかんだまま、あのくちばしの玉をとり返せるんだが、片手ではどうにもならねえ。片手しかないのはこういう時に都合が悪いや――やい鷲ッ！　玉を下へ落とせ。落としたらこの手を放してやる」

だが、大鷲には、飛介の言葉は残念ながら分からないのである。分からないから、ますますあせって逃げ出そうとする。おそらくくちばしに玉をくわえていなかったら、鷲は飛介の頭を、その鋭いくちばしの先で一突きにして、穴をあけていたのにちがいない。

そのうち、鷲の羽ばたきは、ますますはげしく、飛介の体は宙に浮き出し、どうにも、それを支えることができなくなってきた。

「いけねえ。いけねえ」

飛介は、手が一本しかないから、別の手で枝につかまることができないので、足の甲を枝にかけて体の浮くのを防いだが、大鷲の浮揚力は意外に強く、もうどうにも体をささえることができない。

「いけねえ。いけねえが、この手を放す訳にいかねえ。この手を放せば鷲は逃げてゆく。鷲が逃げてゆけば、黄金の玉は二度ともどってこねえかもしれねえ。だから、この手は放せねえ」

飛介も、なかなか強情屋である。自分の体が鷲とともに宙に浮いていっても、つかんだ手を放さぬ決心である。

「くそッ、くそッ！　は、放すもんか――あ、いけねえ、いけねえ！」

大鷲は、ついに飛介に足をつかまれたまま、大樹のこずえを飛び立ってしまった。飛介は、しかし、その手は放さない。

もちろん一度、体が宙に浮いてしまえば、手は放せない訳である。放せば飛介の体は山中へ落ちて砕けてしまうのだ。

「いけねえ、いけねえ、畜生ッ、おれをどこへ連れて行こうってんだ」

飛介は、鷲とともに空中を飛びながら、脚下を流れる早川の白いうねりや、深緑の樹海を見おろし、

「ひでえことになってしまった。ああ、手がだるい、千切れそうだ。ち、畜生ッ、手が千切れる」

しかし、大鷲は、ますます羽ばたきをはげしくさせて、箱根の上空を翔《か》けてゆくのである。飛介は、もう必死だった。くちばしの黄金の玉をうばい返すまでは

人間の指にかみついたすっぽんのように金輪際この手ははなさぬ決心で、

「手……手が千切れる。片手だけじゃ、とても持たねえ。おお、そうだ」

飛介は、右手が、もはや耐えられないところにまでくると、彼はやにわに鷲の脚へかみついてしまった。鷲の脚にかみついて右手を休めようという、飛介の無鉄砲戦法だったのである。

これには、大鷲のほうが面食らって、

「ガア！」

と、一声、悲鳴とも怒りともつかない大声を空中に発したかと思うと、そのせつな、くちばしにくわえていた黄金の玉をポトリと落としてしまった。

（しまった。玉を落としやがった）

飛介は、大鷲の脚にかみついたまま、折からの西日に、きらきらと光りつつ脚下の樹海へ沈んでゆく黄金の玉を見下ろしながら、悔しそうに胸の中で叫んだ。

が、鷲はそれにかまわず飛介をぶら下げたまま、ゆうゆうと飛翔《ひしょう》し続けている。

さるの秘宝

雲助どもの襲撃を払いのけ、先へ逃げのびた加代の身を案じ、山道を急いできた宗像宗太郎。突然ひゅッ！　と耳のそばをかすめていった一本の手裏剣に、

（何者？）

身を伏せて、四辺を見まわすすきもなく、ひらりと、ゆく手へ飛びおりた三人の影。

「宗像ッ」

声をかけたのは、織部熊太郎だった。その左右にいるのは、池淵、野寺の悪旗本――ともに、猿丸柳斎の門に通っていた同門の間柄。しかも、今は師の敵である三人だった。

「織部たちか」

宗太郎は油断なく身構えて、

「芦ノ湖では、まことに迷惑な言いがかりをつけてくれたな」

「言いがかりではない。おぬし、こうして、ここにいる以上は、やはり関所破り

と言われても致しかたはあるまい」

　織部熊太郎は、宗太郎を、あくまで、関所破りの罪人として、その筋へ突き出す気らしいのだ。

「なるほど、湖尻《こじり》から、ここへ来てみれば、関所は破ったことになる、が、これは致しかたのないこと……いや、そのようなことはどうでもよい。それよりも、拙者は貴様たちに申しうけたいものがある」

「なんだ。黄金の秘密か？　それなら、こちらが欲しいところだ」

「秘密ではない。貴様たちの命だ」

「命？」

「猿丸先生を殺《あや》め申したのは、貴様たち三人であることは明々の事実だ。それで――」

「猿丸の娘の亭主《ていしゅ》なるが故に義父の仇《あだ》をとりたい――というのか」

「柳斎先生のお恨みを晴らすのに、ここは適当な場所とは思わぬが」

「仇討ちか？　古い古い。おれたちを斬《き》っても、猿丸柳斎の命はもどってこないぞ」

「それはそうかもしれない。しかし、人を殺せば、それに対して制裁というものがある。拙者はその制裁を貴様たちにあたえるのだ。その制裁とは、貴様たちの命を――えいッ」

宗太郎の体は、二間ばかり、パッと飛んだと見えた瞬間、野寺友之丞が、

「ううん……」

刀の柄《つか》に手をかけるひまもなく、仰向けにのけぞって倒れてしまった。見事にきまった唐竹割りの必殺剣。

「それッ、ぬ、抜かるな！」

織部熊太郎は、池淵弥十郎へ声をかけると、二人はさっと左右にひらいて、宗太郎の剣へ構えをたて直した。

「仇討ちなどとは――返り討ちというものがあるのを知らんか」

織部は、腕に相当の自信があるとみえて、宗太郎のほうへ、みずからすすんでゆきながら、

「水練のほうなら、おぬしには勝てぬが、剣ならおぬしにはひけはとらぬつもりだ。このような箱根の山中で、ひとりで返り討ちになって死んでゆくおぬしのこ

とを考えると、いささか気の毒だがこれも致しかたのないことだ」

「討つ、討たれる。そのようなことはどうでもよい。拙者は、亡き柳斎先生のために、こうして刀を抜けばよいのだ」

「それが古い古い。他人のために、下手間違って己の命を失っては、つまらんということを悟るがよい」

「えいッ」

宗太郎には、文句や理屈は不要だった。猿丸柳斎を殺したこの三人を、この地上から消してしまう……それだけが、いまの考えであった。斬る。ただ、斬ってすてる。師の仇を討つのに、その相手から理屈など聞いているひまはないのだ。

「やあ——ッ」

織部は、宗太郎の必殺の剣を受けておいて、それを、はね返し、はね返すと同時に、

「とう!」

横に払った必殺剣!

さっ! と、かわす、宗太郎、

「たあッ！」

斜めに斬りおろした一刀――それが、織部の左の腕を見事に飛ばし、

「うわっ」

織部が、五、六尺、思わずとびさがって、左腕の斬り口を押さえたとき、

「や？」

宗太郎は、何をみつけたのか、踏み込んでゆくかわりに、ひらりと身をひるがえし、小高い、道の上の丘になった草原を一散に駆けていった。

野寺の敵、織部の仕返し――と、一念斬り込もうと体勢をととのえた池淵弥十郎は、宗太郎のこの脱走に、一瞬拍子抜けのした形で、

「どうしたのだ？」

丘の向こうを見上げた。

宗太郎は、懸命の勢いで駆けてゆくのである。なんのために逃げてゆくのか、池淵弥十郎には訳が分からない。

宗太郎の追っているのは、一群のさるであった。宗太郎は、戦いのうちに、向こうを駆けてゆく二十匹ばかりの猿群《えんぐん》を目撃したのである。

宗太郎にとっては、その猿群を追うことが、師の敵を討つことよりも、今の場合大事なことだったのである。

さるの中の一匹が、両手に直径五寸ばかりの鞠様《まりよう》のものをささげていたからである。そして、それに続くさるたちは、その鞠を、まるで尊いご神体か何かのように、拝む風にしてキャッキャッ叫びながら走っているのである。

「さるの葛玉《くずだま》――あれこそ」

宗太郎は、もしやと思ったのである。さるという動物は、金属類をとても大事にする習性をもっている。小さな金物でも、それを手に入れると、仲間の者がたちまちあつまってきて、葛《かずら》の蔓《つる》を採ってき、それをぐるぐる巻きに巻いて鞠を作ってしまう。そのさるの葛玉は、さる族にとっては、何よりの財宝なのである。

「ことによると、あれに？」

宗太郎の思ったのは、そのことである。例の黄金玉が、あの葛玉の中にあるかもしれないと考えたからだった。しかも、先頭にたって、葛玉をささげているのは例の赤面ではないか？　首輪をしているので、すぐとそれが分かるのだった。

（あれを逃がしては）

宗太郎は、懸命になってさるの群れを追っていった。さるはうしろから財宝の葛玉をうばいにくる人間のいることを知らないから、やがて、あの大岩の上にのぼると、その葛玉を中心に、一同は両手をさしのべて鞠を器用に上にころがして、妙な踊りを踊りはじめた。

そして、キャッ、キャッ、キャッ……と、さるの歌であろう、妙なかけ声をかけて、楽しそうにぐるぐる大岩の上をまわり始めた。

（よほど大事な金物をひろったのにちがいない。ようし、やつらを怒らさぬように、うばい返してやろう）

宗太郎は、岩の上をはうようにして、さるの踊りに近づいていった。あの葛玉の中に、なぞの黄金玉が、つつみ込まれてあるとしたら、こんな拾いものはない――と、宗太郎は、その葛玉の中の金物を、もう黄金の玉だと決めて、じり、じり、とはい寄って、やがて、さるの踊りの中へまぎれ込もうとした時であった。

ダア……ン！　どこからか、銃声一発。

それと同時に、さるの群れは、キャッキャッと叫んで乱れ、とり落とした葛玉は、大岩をてんてんと弾んで、裾《すそ》のほうへ転がって……。

「しまった！　もう少しのところで」

宗太郎は、腹ばいのまま岩の下をのぞきみて、思わず叫んだ。

「やっ。何者ッ？」

大岩の下へ、鉄砲をもった一人の狩人《かりゅうど》が駆けつけ、いま転がり落ちたさるの葛玉を拾わんとしているのが見えたからである。あたりはすでに、うす墨色の幕に覆われかかっていて、逃げ散ったさるの姿もその辺りにはなく、不気味なほど静かな中に、「横取りごめん」狩人の声が鋭くひびいた。宗太郎は、それに答えず、大岩の上から飛びおりるようにし、狩人のいるほうへ駆けおりていった。

ダア……ン！　また一発、弾は宗太郎の足元の岩に当たって、はね返った。

乳房暮色

松平長七郎の子孫と名乗るお喜久の方の部屋に、白髪の、品のいい老人が、お喜久と対座していた。

「景兵衛どの」

妖艶《ようえん》な微笑をみせて、お喜久の方は、白髪の老人に言った。老人は、地獄村の村主《むらおさ》、地獄景兵衛である。

「どうやら、うまくゆきそうじゃ。娘というものは、たわいのないほど純なもので、わらわが、松平長七郎の子孫じゃと名乗ると、血筋を同じくする者の一人と思い、頭から信用してしまったようじゃ」

「それに、宗像伊九次郎どのが親元だと聞かされては、疑うほうが間違っているというものです」

「わらわが、いろいろと問いただしたところ、どうやら、乳房に秘密の入れ墨があるらしいことを打ち明けました」

「それは、それは」

「そのうえ、黄金の玉は、鷲《わし》がくわえて空へ去ったことなども話してくれました」

「黄金の玉のことは、さる回しから、くわしくきいているが……加代どのの乳房の入れ墨が判明し、かの黄金の玉さえ手に入れれば、駿河大納言のご遺産は、われわれの手に間違いなくはいるわけ。黄金の玉は、村の者に命じて八方探させてありますから、そのうち必ず見つけ出すことと思いますが——乳房の入れ墨を見る方法は？」

「それは、わらわにまかせておくがよい」

お喜久の方は、こう言って自信ありげに胸をたたいた。

——そういう、たくらみのあろうことをつゆ知らない加代は、お喜久の方を、すっかり長七郎君の子孫と信じ切って、山中での疲れた体を、清らかな温泉の中につけて休めていた。

（お喜久の方ってほんとうにいいお方だこと、わたしたちのために、黄金の秘密を、なんとかして探りあててあげるとおっしゃってくださったにちがいない。同じ血をわけた大納言様の子孫だもの、心から協力してくださるのにちがいないわ）

加代が、そんなことをつぶやき、

（宗太郎様も、うまくお逃げになって、この温泉においでになられるとよいのに——どんな敵がいても、お喜久の方がいられたら、手出しはできないのに……）

そのとき、うすぐらい湯壺《ゆつぼ》の外へ、白像のように、白い肉体が、音もなく、すう……っと、立ちあらわれた。お喜久の方である。「あっ」加代は、驚いて湯から上がろうとすると、

「そのままに居や。上がるには及ばぬ。わらわも一緒に湯を楽しむことにする」

お喜久の方は、手ぬぐいで湯を体にかけると、静かに湯壺の中へ肉体を沈めた。加代の体も雪のように白く、箱根のふろでお辰がほれぼれとながめたが、さすがは将軍の愛妾《あいしょう》お喜久の方の体の白さは、また格別だった。

(まあ、おきれいなお体) 加代は、思わず、お喜久の方の肉体をながめると、お喜久の方は、

「加代どののお体、なんともいえないおきれいなこと」

湯をわけて近づいてきて、

「このような美しいお肉体の女は、大奥三千人のお女中の中にもいませぬ。ほれぼれするくらい」

そう言って、加代の肩に手をかけ、

「この肉体の弾みぐあいはどう……わらわにも、その昔、このような、弾むから

だがあった……しかし、今はだめ」

加代の、額のおくれ毛をなで上げる風をして、お喜久の方は、手ぬぐいを加代の鼻腔《びこう》へちょっとあてた。とたん、すうっとする、なんとも言えない、いいにおいが加代の鼻に感じた。

（いいにおい）加代は、それが、お喜久の方の、香料花の露のにおいだと思った。が、次の瞬間、頭の中がふらふらっとするものを感じ、湯の中に浸っていることができなくなった。

加代は急いで湯のふちに身を退けると、

「失礼いたします。わたくし、なんだか」

「どうか、しましたかえ」

「なんだか、めまいが」

「それは、いけぬのう」

お喜久の方の双頰《そうきょう》に、ひそかなる妖笑《ようしょう》の色がうかんだ。加代は、もう、ぐったりと湯の中で正気を失って、首を湯壺のふちにもたせている。

「かわいいもの……南蛮渡りの眠り薬にかかっては、まったくたわいのないもの」

お喜久の方は、加代の体をしっかりと抱くと、湯の中にかくれている加代の乳房の部分をもみはじめた。

おしろい彫りを湯の中でもめば、すぐに、その入れ墨が浮かんで出ることを、このお喜久の方はよく承知しているのであろう。

「いい乳房……まるで、よく熟れたほおずきみたいに……待っていなさいいまに、わらわがよく、ほぐしてあげるから」

お喜久の方は、あやしいほほえみを夕ぐれの中にうかべて、加代の乳房を、こころよくもみつづけた。ぽちゃぽちゃと湯がうごいて、たそがれの中に二つの白像は妖精《ようせい》のように美しかった。加代は乳房をもまれて夢うつつの中に、しきりにうめいた。

のんき飛介

無鉄砲で、向こう見ずで、鉄腕家で、そのうえ、不死身で……と、こう書き上げてくると、鉄拐飛介という男は、どんなことでもできないことのない人間のように思えるが、しかし彼とても生身の体である。生身であれば、物事に限界というものがある。限界があれば、ぎりぎりけっちゃくのところまではゆけても、それ以上はゆけない。

「くそッ。くそッ。おれをどこまで運んでゆこうってんだ。ああ、腕が千切れる。腕が千切れる。これ以上、このまま翔《か》けられたらおれの腕が持たん」

音を上げるということを知らない飛介も、さすがに弱音をあげてしまった。

左手のない不自由さは、さっきから右手だけで鷲《わし》の脚をつかんで、空中飛行をつづけなくてはならないのである。時々、右手が苦しくなると、彼は無鉄砲にも、鷲の脚へかみついて右手に休暇をあたえる戦法をとっているのだが、しかし、この戦法はまずかった。というのは、脚をつかまれている間は鷲も痛がりはしなかったが、飛介にかみつかれると痛いとみえてその度ごとに、鷲は鋭いくちばしで飛介の頭をつつくのである。これも普通の人間ならば一撃のもとに頭蓋骨《ずがいこつ》を打ち砕かれるのであるが、そこは不死身の飛介の頭は、地蔵の頭同様、そう簡単には参らないから、二度や三度つつかれたくらいではへこたれはしない。が、鷲のくちばしでつつかれるのは、さすがに飛介といえども痛いことは間違いない。

「ひでえ野郎だ。ひとの頭をつつくなんて。まったくひでえ!」

飛介は鷲のくちばしでつつかれるごとに、口では言えないから、腹の中で、そうブツブツこぼしながら、かみつくのをやめて、右手でまた、ぶら下がり直すのである。鷲にしてみれば、頭をつつくのが悪いか、人の――いや、鷲の脚へかみつくやつが悪いか――と、開き直りたくなるところであろうが、鷲はなんとも言えないから、相変わらず、ぎゃっ、ぎゃっ、と鳴いて翔けまわるよりほかにすべはなかったのである。

鷲は、さっきから、大きな弧線を描いてS字型に同じ所ばかり、ぐるぐるまわっているのである。夕暮れの箱根の山は、まるで濃緑のうず巻きのように、飛介の眼下を、ぐるぐるとまわって、飛介はそれだけでも、もう目がまわりそうだった。

「たまらん。まったくたまらん。こら鷲ッ。早くどこかへ降りてくれ。腕が千切れる。もうこれ以上持たんわい。こら鷲! なんとか言え。わしア知らんなんて、そんなつめたいことをぬかさずに――」

飛介は、こうした危機の中にいても、こういうノンキなことを言える至極結構な人物なのである。

そのうちに、いよいよ生身の飛介にも、限界というものが訪れてきた。鷲の足にぶら下がっている右手が、千切れる前に、いよいよしびれてきたのである。腕がしびれてくれれば、いくら飛介でも、すっぽんを決めこんで鷲の脚にとことんつかまり続けている訳にはゆかない。

ストン……実に簡単に、飛介の右手は鷲の足から放れてしまった。それは、雪の中へ、音もなく落ちる氷柱《つらら》のように、至極あっけない放れかただった。

「いけねえ。いけねえ。落ちる」

落ちる飛介は、空中を垂直に落ちながら叫ぶ。しかし、落ちる落ちると叫んでみたところで、空中ではつかまる所はない。飛介はむやみやたらに右手を振りまわしてみたが、しびれている腕に空気が触れるくらいのもので、つかまって体を支えるものとてはなかった。

どしん……ひどい衝撃を飛介は感じるが早いか、しびれている腕で、いきなり抱きついた。それは一本の松の枝のところへ、うまいぐあいにひっかかって、地上まで落ちなくてすんだ。

「ああ、びっくりした。ひでえ目にあった。まるで久米《くめ》の仙人《せんにん》みてえだ」

飛介は、松の枝に腰を巻きつけながら、とにもかくにも体がバラバラに砕けるのを助かったと喜んだ。そして、

（ここは一体どこだ。ずいぶんながい間、鷲の脚にぶら下がっていたが、ここは日本の国かな）

ノンキなことをつぶやきながら、下の方をすかしてみて、飛介は、

（おや？　何か見えるぞ。家だ。家の中に温泉があるのらしい。その湯の中にだれかが裸んなって入っているぞ。ああ、なんて白い体をしていやがるんだろう。二人ともまるで雪で作ったみたいだ）

飛介は、いまの今まで、鷲とともに飛行していた苦難の時のあったことを忘れて、松の枝から下にみえる温泉の中の、二つの白い裸をのぞきこんだ。そのはずみに飛介は足を踏み外したのか、手がしびれてたため、松の枝をつかまえていることができなかったのか、とにかく、ずどん……と下へ落ちてしまった。飛介の

さっきのせりふを待つまでもなく、飛介はまったくの久米の仙人となってしまった訳である。

甘美以上のもの

加代は、夢うつつの中に、何か言い知れぬ甘美な心地を全身に感じ、湯の中でやや正気づいてほそい目を、そっとあけてみた。

すると、自分が裸になって、温泉の中につかり、だれかに抱かれていることが、おぼろ気ながらわかった。そして、自分を抱いている者も白い裸であることも気がついた。

（ああ、お喜久の方だ）

さっき、自分が湯につかっていると、お喜久の方がいきなり入ってきて、自分に近よってきた。近よってきたかと思うと、自分は急に眠くなった……それからあとのことは何も分からなかったのだが……。

お喜久の方に抱かれて、さかんに自分の乳房をもまれているのだ、と分かったのは、それから二、三分してからであった。きゅっ……と握りしめられるごとに、加代は体ぜんたいへ、えも言われぬ甘美なものが、まるでみかんをしぼるときに飛び散るみかんじるのように、頭のてっぺんから足のつま先まで一瞬に、ぴりぴりっと突っ走るのを覚えるのだった。

それが、こころよい湯加減の中で、ぽちゃぽちゃやられるのであるから、その心地ったらとてもたまらないのであった。

（ああ。どうして、こんなことをされているのであろう。お喜久の方は、なんだってわたしのお乳を、こんなふうに絞ったり、つかんだり、もんだりなさるのだろう……ああ、とても、じっとしてはいられない）

加代は、湯の中で全身をくねらせて、お喜久の方が乳房をもむたびに起こる電気をうけたような感覚に抵抗するのだった。

（箱根ではお辰姉さんが、やはりこんなことをなさった。そして、あの雲助たちも、わたしの乳房を盗もうとした。それから三人の悪い旗本たちも……）

加代は、こころよくもまれながら、過ぎこしかたを追想するのである。

（しかも、三人の悪い旗本たちの言葉によれば、わたしの乳房にはおしろい彫りの入れ墨があるよし。その入れ墨がまた、とても重大な……あの黄金の埋蔵に関係があるよしを語ったが……すると、このお喜久の方は、わたしの……）

加代は、もまれ、もみほぐされながら、そこまで考えてきてがくっとなった。

（と、すると、このお喜久の方というひとは、どういうつもりで、わたしの乳房をもんでいるのであろう。わたしの体が、こんなに動けなくなってしまったのにも、お喜久の方の、なにかのからくりがあるのではなかろうか？　急に眠くなって気を失ってしまったことにも、なにかのたくらみが……）

加代は、おぼろげな意識の中にも、これだけのことを考え及ぶと、急に空おそろしくなってきて体を動かそうとしたが、それは気持ちだけのことで、体はみじんもうごかないのであった。のみならず、加代が意識をとりもどしたらしいと気づくと、お喜久の方は、一段と加代の体をしっかりと抱きしめて動かさず、

「じっとしていや、もうすこしじゃほどに……あ、なにか乳房に浮いて出た。文字じゃ文字じゃ……黄金埋蔵の割り文字じゃが、暗いので十分にわからぬが」

気違いのように、お喜久の方は、加代の乳房を手ぬぐいでふいて、その上に浮き出たかくし彫りを、のぞきこんで秘密をさぐろうとするのを、

「ごめんなさいませ。とても、とても、これ以上おもみくだされては、わたし……わたし」

と加代は、手でそれを払いのけようとする。お喜久の方は、もう目の色まで変えて、

「じっとしていや。文字さえ読みとってしまえば……別に、そなたの体を、どうしようの、こうしようのというのではないほどに」

と、きゅっとつかみ、もぐもぐともんで、消えかかりそうなおしろい彫りを浮かし出して、

「うす暗い中では読めぬほどに、このまま早く部屋へ帰って、灯の光で読み取ることにしようぞ」

「ごめんなされませ。わたし、もう……」

加代は、なぜか、お喜久の方に対して、身ぶるいするほどの憎悪を覚えるのだった。松平長七郎の子孫であると称するこのお喜久の方を、最初は、同じ血筋の協力者と信じていたが、こうして無法に乳房などをもみほぐされると、親密感などは、とても持てないのであった。何か毒々しい食虫花につつまれた蝶《ちょう》の姿を

自分に感じ、

（この人は、ことによると、自分たちの探している財宝を横合いからねらっている敵であるかもしれない）とも思い、（それなれば、どのようにしてでも、この乳房は守らなくてはならない。この乳房こそ、大事な秘密を蔵している巻き物となっているのだから）

敵か味方か分からないこの人に、めったに見せられるものではない——と、加代は歯をくいしばって、お喜久の方の手を、自分の乳房から離そうとし、

「いけませぬ。いけませぬ……どうぞおゆるしくださいまし」

「ああ、動くでない、動くと、このお乳をもぎとってしまいますぞえ」

お喜久の方は、意地になって、加代の乳房をむずっと握りしめて放さない。加代は、全身へまたまたぴりぴりっとする神経を走らせながら、乳房をつかまえているお喜久の方の手を放そうとする。

が、放さない。ひどいひと……厚かましい！　と、加代は本当に怒って、

「お放しッ……きらい」

飛び離れようとするのを、ぐっと抱きしめて、もう狂える狼《おおかみ》のようにお喜久

の方は、

「放しませぬ。こうなれば、乳房の秘密もさることながら、わらわは、そなたの体にも、用事があるのじゃほどに、その気でいや」

羊を締めつける大蛇《だいじゃ》のように、お喜久の方が、白い四肢《しし》を加代の体にからませ、あらん限りの力で締めつけてきたときだった。

どすん……と、音がして、窓の外から、妙なやつが飛び込んできた。お喜久の方は、それにはびっくりして、はっ！　と加代を抱きしめた四肢を湯の中で解いて、

「何やつじゃ。無礼であろう。女子の入浴中へとび込むなどとは」

白い顔に、鋭いまぶたのある双眸《そうぼう》を光らせ、不意の闖入者《ちんにゅうしゃ》をにらみつけた。

「何を言やがるんだ、このオタンチンめ！　大事な大事なおいらの先生のお嬢さんを手ごめにしようなんて、ふてえ野郎だぞ、きさまという女は」

飛び込んできたのは、いうまでもなく、さっきの久米仙《くめせん》――飛介だった。

「お嬢さん。おれが来たからには、もう大丈夫だ。さ、おれが助けてあげますよ」

飛介は、お喜久の方の髪をわしづかみにし、湯壺《ゆつぼ》のすみへ押しやると、大根の束か何かを抱き上げるように、加代の裸体を片手で抱きあげ、そのまま、

「えい」と、五尺ばかりの窓へとび上がって、

「お嬢さんの味方の者だ。名前をききたくば言ってつかわす。おれは猿丸柳斎先生の一の弟子の鉄拐飛介さまだ、あばよだ」

ひらりと、外へとび出していった。

「だれかいぬか、大変じゃ、大変じゃ。猿丸の娘がさらわれた」

お喜久の方は、湯壺の中から大声に叫んで、家来どもに、飛介を追跡することを命じた。

——と、どこをどうして入ってきたのか、一匹のさるが、加代の着物一式を抱えて、浴室の中へ飛び込んでき、飛び込んできたかと思うと、窓からひらりと外へとび出し、これも同じように飛介のあとを追い、赤いしりをふりふり、夕ぐれの中へ消えていった。

むなしき追跡

さるの葛玉《くずだま》。

その中から、思いもよらない財宝が出てきた例は、古来、枚挙にいとまないほどであった。

いま——

猿群《えんぐん》のもてあそんでいた葛玉を、一発の銃声によって追いちらし、岩上からころがり落ちたその葛玉をひろって逃げてゆく猟師の頭の中にも、また、それを追う宗太郎の頭の中にも、

「もしや」

「この中に——」

言わずと知れた、思いもよらない秘宝があるのではなかろうかという、そのことでいっぱいだった。

逃げる猟師の足も早かったが、それを追う宗太郎の足も矢のようであった。

「待てッ」

宗太郎は追いながら、うしろから叫ぶ。猟師は、うしろを振りむきもしないで、

「これを渡してなるものか」と、しゃにむにである。

「待たんか。待たねば」

宗太郎は、ついに業を煮やし、小柄《こづか》を抜くと、えい！　と猟師のうしろから投げつけた。ねらいはたがわず、小柄は似我蜂《じがばち》のようにとんで、猟師の足のくるぶしに命中、

「あっ。いててて……」

猟師は足のくるぶしに火のような痛さを感じて、そこへ倒れると、そのはずみに後生大事に抱えていた、さるの葛玉をとり落としてしまった。

葛玉は、勢いよく、ころころと転がり、脚下の谷へ音もなく落ちてゆく。

「しまった」

「落としたかッ」

追いついた宗太郎も、谷底を見おろして、残念そうにつぶやく――が、彼の目には、意外なものが映って、

「おおい、飛介ッ」

宗太郎は、口に手をあてて呼んだ。谷底と見えたが、そこは山道になっていて、いま、飛介が裸の加代を横抱きにして走っているところだった。そして、そのすぐうしろに、さるの赤面が加代の着物をもって、これも懸命に走っているのが見えた。

「お……う」

すぐ下から応答があった。飛介である。

「宗像のだんなか……ッ」

「加代どのも一緒か……ッ」

「ここにいますよ……ッ」

この応答は、一々やまびことなって、うすくらがりの中へ広がってゆくのだった。

「猟師どの」

宗太郎は、そこに鉄砲をもったまま、ぽかんと立っている猟師へ振り返って言った。

「さるの葛玉は残念ながら、われわれの手から離れてしまった。そして、拙者とお身とは、敵同士でもなければ、なんでもない。それで、ここでお別れする。拙者は、あれなる友達のもとへ行かねばならない」

「お武家」

「なんだ」

「一体、あの葛玉の中に何が入っているのですか」

「拙者にも分からん」

「へえ」

「妙な顔をして……そこもとは、一体、何の目的で、あの葛玉を持って逃げたのか」

「あなた様が、いかにも大事そうに、あの玉を取ろうとなされるので、わたしも、なにか大切な良いものと思い、持って逃げたまでです」

「驚いたやつだな。拙者にも、実のところ、あの葛玉の中に、何がはいっているのか知らないのだ」

「チェッ。それなら横取りなどして逃げるのではなかった」

「逃げるから、つい追ったのだ」

と、宗太郎。

「けがの仕損だ。これでは——」

猟師は、つまらなそうに舌打ちをし、さっきの小柄のささったあとを、痛そうにおさえた。

「ゆるせ。それ、血止め薬だ」

宗太郎は、懐中をさぐると、血止め薬をとり出し、猟師へ投げやると、

「ばかをみたのはたがいに五分と五分。悪く思うな」

そのまま、下の方へ駆けおりていった。駆けおりながら、しきりに苦笑がもよおされてならなかった。ばかな、子供の遊びではあるまいし、さるの手まり一つを追って、大の男が山の中を追いつ追われつするなどとは……物事に懸命になると、人間は、ともすると、こういう愚かなことをあえてするものであろうかと、宗太郎は、おかしくておかしくて、あとからあとから出てくる笑いを押さえることができなかった。

しかし、さるの葛玉を追ったおかげで、加代に再会することができるのかと思

うと、宗太郎にはこの追跡は、まんざらむだではなかったと思われ、また、別の微苦笑がわきあがるのだった。

——と、すぐ下を、十二、三人の人々が、押っとり刀で走ってくるのが見えた。宗太郎には、直感で、それが、飛介や加代を追う敵方であることが分かった。

「いけない」

彼は、いきなり、その追跡隊の前方へ駆け下りて、一刀を引き抜くと大の字になって彼らの行く手へ立ちふさがった。

「どこへゆく」

「えい！　のけッ。のかぬと貴様からたたっ斬《き》るぞ」

先頭の一人が怒鳴った。

「何を追ってゆくのだ」

「何もかもない。大事な娘御を、あやしの怪人がさらって逃げたのだ」

「心配するな。その怪人なら拙者の友達だ」

「さては貴様も同類だな。それッ」

追跡隊は、宗太郎をまずたたっ斬れとばかりに、彼の前へ殺到してきた。道は三尺くらいの幅だったから、宗太郎にがんばられては飛介を追うことはできないのである。

あたりは、いよいよ暗く、刀の刃《やいば》のひらめくのが白く見えるだけで、用心のいいのが持ち出してきた提燈《ちょうちん》の光が、足元をわずかに照らし出して、まことに不自由な足場であった。

なぞは解かれたり

小半刻《こはんとき》（三十分）ばかり応戦していると、宗太郎はだれかにたもとを引かれるのに気づいて振りむくと、それはさるの赤面だった。

キキキ……キキキ……何やら呼んでいるのらしい。早く来いという信号のように思われ、宗太郎は、そのまま身を翻すと一散に駆け出した。赤面は忠実に宗太郎の手をひいて走るのである。鮮やかな走りっ振りで、それについてさえゆけば、宗太郎は暗い中でもつまずくことなしに走れた。

上がったり下がったり、岩の上を飛んだり、小川を渡ったりして二十分ばかり赤面についてゆくとやがてある洞穴《ほらあな》のある所へ出た。

「宗像のだんなか」

「おお、飛介か。加代どのは？」

「ご無事です」

宗太郎は、くらい洞穴へ手さぐりに入ってゆくと――間もなく、赤面は提燈を一張りささげてもどってきた。

なかなか機転のきくやつで、あれから引き返して、追跡隊の提燈をうばってきたのである。

「偉いやつだ。人間以上に気がきくな」

宗太郎は、赤面の手柄をほめてやると、赤面は、すみの方から葛玉を持ち出して、キキキキと叫んで宗太郎へさし出した。

「おや？　これをどうして？」

さすがに、宗太郎は驚いて尋ねると、飛介が横合いから、

「さっき、だんなが谷の上から声をかけられた時に落ちたのですよ。それを赤面

がひろってきたのです」

「そうだったか——おい赤面。これを解いてみろ」

赤面は、うなずいて、葛《かずら》の蔓《つる》を次々と解いてゆくと、中から提燈の光に燦然《さんぜん》とまばゆい黄金の玉が出てきた。

「やっ。こいつはあの鷲《わし》が落としたやつだ」

飛介がびっくりしたように叫ぶと、

「それを、この赤面がひろって葛の蔓で巻いたのであろう。何にしてもお手柄お手柄」

宗太郎は、なんべんでも赤面の頭をなでてやるのだった。

加代は、もう衣装をつけて、洞穴のすみに人形のように、つつましく座っている。問題の黄金の玉が手に入れば、秘密のかぎであるところの自分の乳房が必要となってくる。その時にはどうしよう。それを思うと、加代は胸が高鳴るのだった。愛する人の前で、いかに秘密のかぎとはいえ、玉の乳房を宗太郎にみせる訳にはいかない。どうしよう？

「おいらが空から落ちて、松の枝からのぞいていると、お嬢さんがお湯の中で、変な女に、ここん所をもまれて……」

　飛介が、あの時のことを宗太郎に話そうとするのを、

「いやッ、飛介さん。そんなことを言っては」

　加代が赤面に負けない赤い顔をして、飛介へ手を振り、そのことをごまかすように、

「あのう……お喜久の方というお方を、ご存じでございましょうか」

「お喜久の方？　大奥第一等の愛妾《あいしょう》の？」

　宗太郎は、首をかしげて、

「知らないが」

「大奥へ上がりますときの親元様は、宗像家だとか申して……」

「そのようなことは聞いてはいないが」

「松平長七郎のご子孫とか申されまして、黄金埋蔵のこともよくご存じでして」

「何かのたくらみであろう。だいいち、大奥にいられるお喜久の方が、このような山中の温泉へ来られるはずはない……うむ。ことによると、地獄村の人たちと、何かの連絡を持つ不逞《ふてい》の女性かもしれない」

「まあ——」

加代は、あきれたようにひとみをみはった、偽者にしては、なんという堂々たる芝居ぶりであろう。まさに女天一坊のそれであると、加代はお喜久の方と称する女人の、さきほどまでの言葉を思い返してみて慄然《りつぜん》とするのだった。

その間にも、宗太郎は黄金の表面に刻まれてある文字を灯にすかして見て、

「なんだ、これは……八し子の上目猪《いのしし》……はてな、八し子の上目猪……なんのことか、さっぱり分からん」

黄金の表面の文字は、それだけのことで、前後に何かがないことには、それはほご書き同様のものだった。

「うむ……黄金の玉の文字は分かったが、これに符合する、もう半分の文字がないことには……」

宗太郎は、しきりに首をひねるのを、加代は、乳房のことを言い出しもできず、

「あのう……それについて……」

「何か、もう一つの割り呪文《じゆもん》について、お心当たりでも？」

「はい。実は、そのう……」

　しかし加代は言えない。まさか、わたしの乳房をもんでくだされば分かりますなどとは……（自分で、もう一度もんでみようかしら？　でも恥ずかしい。宗太郎様の前で、そのようなことはできない……おお、そうじゃ）加代が、最後の勇気と、最後の知恵を絞って考えついたことは、

「赤面さん。すまないけれど」

と、さるの手をひいて、洞穴の奥へゆくと、白い胸をぱっとひろげて、

「ここをもんでくださらない。あんたなら、どのようにもんでも」

と、赤面の手を乳房へ押しつけた。自分でもむよりは、さるにもんでもらったほうが、何かの言い訳が立つと思ったからである。

　さるは、加代の意志を察したか、キキキ承知しましたとばかりに、そこをつめたい気色の悪い手のひらでもみはじめた。加代はなんだか妙な気持ちになったが、これも黄金の埋蔵の場所を探しあてる重大なことだと思い、いやな思いだったがあえてそれを辛抱することにした。

　やがて、乳房の上に、ぼう……と紅潮して浮いて出たおしろい彫り。加代はた

もとを探して懐中鏡をとり出し、それを映すと、うしろの方にいる宗太郎へ、恥ずかしそうに言った。

「どうぞ覚えておいてくださいませ。わたし、何かの文字を読みますから……はじめは、ふ、その次は、よ、それから、じ、み、さ、を、ん、た、……もう一度読みます」

加代の乳房の文字は「ふよじみさをんた」八文字だったが、それは気づかぬていにして、

「ほう。大事な文字を、そなたは懐中に書いてしまっていられたとみえるな。ふよじみさをんただね。よしよし」

提燈をもって、加代がもとの座にもどると宗太郎は矢立をとり出して、懐紙へその文字を書きつづって、その下へ黄金の表面の文字を続けた。

――ふよじみさをんた八し子のうわめいのしし。

「さっぱりわからねえ」

と、飛介は、それをのぞきこみながら言った。

「こりゃ、チンプンカンプンだ。木乃伊《ミイラ》老人も、むずかしい所へ宝を隠したもの

ですね」

「これからが暗号解読だ。案外これは楽な符号かもしれない。飛介、この文字を一字おきに読んでくれ」

「ええと一字おきだね、ふじさん八ごうめのし……です」

「そうか。こんどは下から上へ一字おきによんでみろ」

「ええと……しいわのしたをみよ……です」

「一気に、もう一度読んでみろ」

「ふじさん八ごうめのししいわのしたをみよ――です」

「それでよし」

符号の片仮名を、漢字に翻訳すると「富士山八合目の獅子岩《ししいわ》の下を見よ」と解読された。宗太郎は満足そうに加代をかえりみて言った。

「加代どの、駿河大納言どのの残された黄金は富士山の八合目、獅子岩の下に埋蔵されていますぞ。さ、明日の朝は早くここを立って富士山へ登りましょう。黄金の使い道は、いずれ発見のあとで、ゆっくり考えることです。世の中のために、これまで死蔵された黄金を生かしてやらねば……」

さすがに加代は、もうひとみをうるませて、答えることができなかった。

提燈の灯は、いつか消えて、洞穴の中は真の闇《やみ》だった。飛介は、そっと赤面の手をひいて洞穴の外へ出ると、赤面の耳元へそっとささやいた。

「赤面、今夜はお前と一緒に木の下で寝ようよ。同じ穴ん中ではじゃまになるからな」

愛《う》いやつである、飛介という男は……これくらいの機転もきくのであるから――

加代は、その夜は、宗太郎のそばで、しんじつ安らかな気持ちで寝ることができたのはもちろんである。

彼女も、そして宗太郎も、いつか眠りにおちいっていったが、二人の夢は、とうに富士山の八合目へ飛んでいた。そして、獅子岩の下から、金色の山が浮き出、それが雪崩となって富士の山肌《やまはだ》をころがりおちる荘厳な光景に酔っていたことであろう。

本作品中に差別的ともとられかねない表現が見られますが、著者がすでに故人であることと作品の文学性・芸術性に鑑み、原文のままとしました。

（春陽堂書店編集部）

『黄金万花峡』覚え書き

初　出　黄金乳房卍　「読物と講談」（公友社）昭和25年1～10月号
初刊本　黄金乳房　東方社　昭和27年5月　※「黄金蛇眠窟」を併録
再刊本　乳房呪文　みすず出版社　昭和30年3月　※「からくさ伝奇」を併録
黄金城秘文　同光社出版　昭和32年5月　※「刺青秘峡」を併録
黄金城呪文　久保書店　昭和40年7月
黄金万花峡　春陽堂書店〈春陽文庫〉昭和52年11月

（編集協力・日下三蔵）

春陽文庫

黄金万花峡《おうごんばんかきょう》

2024年2月25日　新装改訂版第1刷　発行

著者　陣出達朗
発行者　伊藤良則
発行所　株式会社　春陽堂書店
〒一〇四—〇〇六一
東京都中央区銀座三—一〇—九
KEC銀座ビル
電話〇三（六二六四）〇八五五（代）
印刷・製本　中央精版印刷株式会社

ISBN978-4-394-90475-5　C0193